KB275216

세상을 바꾸는 힘

희망을 심은 20인

백경학 지음

세상을 바꾸는 힘

박완서 션·정혜영 장춘순 강지원

김성수 이해인 이정모

이철재 권오록 민정기

정호승 박점식 황보태조

이지선 조무제 이금희 김정주

김주영 원택스님 노무라 모토유키

문학동네

목차

교통사고로 인해 몇 달을 혼수상태로 지내다가 어느 날 깨어나보니, 다섯 살 난 딸아이가 "트윙클 트윙클 리틀 스타Twinkle, Twinkle, Little star" 하며 〈반짝반짝 작은 별〉 노래를 영어로 부르고 있었어요. 독일에 살아서 영어를 전혀 못 하던 아이가 대체 어떻게 영어로 노래를 부르나 싶어 신기했어요. 알고 보니 제가 혼수상태인 동안 친절한 스코틀랜드인 간호사가 남편의 동의를 구해, 자기 딸이 다니는 유치원에 저희 딸아이를 함께 보냈다고 하더군요. 한국인 가족이 영국을 여행하다가 엄마가 크게 다쳐 중환자실에 입원중이라는 사정을 듣고는 유치원에서도 흔쾌히 허락해줬다고 해요. 간호사들이 돌아가면서 딸아이를 유치원에 데려다줬고, 그 덕에 아이도 병원에서만 지내지 않을 수 있었답니다. 제가 영국 병원에서 감동받은 일 중 하나였어요. 환자를 내 가족처럼 대하는 그들의 모습을 보면서, 우리나라에도 이런 친절한 병원이 하나쯤 있으면 좋겠다는 바람을 마음에 새겼습니다.

영국에서 큰 수술을 받고 기적적으로 소생한 후 독일 병원으로 이송됐습니다. 제가 돌아왔다는 소식을 듣고 뮌헨 교민들, 한국 성당 신부님과 교인들이 한꺼번에 면회를 왔습니다. 참담한 제 모습을 보고 모두 눈물을 흘리는 바람에 병실이 눈물바다가 됐지요. 그때 딸아이가 사람들에게 "너무 슬퍼하지 마세요. 우리 엄마 다리는 곧 자라날 거예요"라는 게 아니겠어요? 딸의 친구 난희도 "맞아요. 아줌마 다리는 도마뱀처럼 곧 자랄 거예요" 하더군요. 병실을 찾아온 분들 모두가 깊은 감동을 받았습니다. 어른들은 절망적인 상황 속에서 슬픔에 잠겨 있었지만, 아이들은 그런 상황에서도 희망을 보았던 겁니다.

사고로 절단됐던 제 다리는 아이들의 말처럼 다시 살아났습니다. 저는 제 다리가 푸르메재단을 통해 장애어린이가 치료받는 재활병원과 발달장애청년들이 일하는 농장으로 재생했다고 믿습니다. 이런 기적이 일어날 수 있게 도와주셔서 감사합니다. 오늘 저에게 과분한 상을 주셨으니 소중하게 간직하며 앞으로 열심히 살아가겠습니다.

2024년 5월 이화여대 창립 138주년 기념식에서 저의 아내 황혜경은 '자랑스러운 이화인 상'을 수상하며 이렇게 소감을 전했습니다.

아내는 2년 동안의 해외연수를 마치고 귀국하기 전, 영국으로 떠난 자동차 여행에서 발생한 교통사고로 한쪽 다리를 잃었습니다. 8년간의 소송 끝에 가해자측 보험회사에서 피해보상금을 받았고, 이중 약 11억 원을 어린이재활병원 건립을 위한 마중물로 내놓았습니다. 이 소식이 전해지자 시민들이 하나둘 푸르메재단을 후원하기 시작했고, 우리 부부가 꿈꿔온 재활병원 건립을 비롯해 많은 일을 해올 수 있었습니다.

최근에는 진주에서 전해진 이야기가 많은 사람들에게 감동을 안겨주었습니다. 작은 한약방을 운영하며 평생 나눔을 실천해온, 언제나 어려운 이웃을 위해 살아온 김장하 선생의 이야기 말입니다. 그의 행적을 다룬 책이 출간되고 다큐멘터리가 상영되면서, 숭고한 삶의 방식을 접하며 마음이 따뜻해졌다는 분들이 많았습니다. 독재시대로 되돌아가려는 계엄령이 선포됐지만 다행히 쿠데타는 실패하고 대통령은 탄핵을 선고받았습니다. 이 과정에서 중요한 역할을 한 당시 헌법재판소 문형배 소장이 '김장하 장학생'이라는 사실이 알려지면서, 김장하 선생의 이야기는 또다시 화제에 올랐습니다.

문 소장은 어린 시절부터 집안 형편이 어려워, 먼 친척에게 낡은 교복과 헌 교과서를 물려받아 고등학교를 다녔다고 합니다. 하지만 학비를 내지 못해 학교를 그만두어야 할 처지가 되었죠. 우연히 이 소식을 접한 김장하 선생이 대학 졸업 때까지 장학금을 약속했고, 덕분에 문형배 판사가 탄생할 수 있었습니다. 문 판사는 자신을 헌법재판관으로 임명하는 국회 인사청문회에서 이렇게 증언했습니다.

"독지가인 김장하 선생을 만나 대학 4학년까지 장학금을 받을 수 있었습니다. 덕분에 학업을 무사히 마칠 수 있었고 사법시험에도 합격할 수 있었습니다. 제가 사법시험에 합격하고 인사하러 간 자리에서 '내게 고마워할 필요는 없다. 나는 이 사회의 것을 너에게 주었으니, 갚으려거든 내가 아니라 이 사회에 갚으라'고 하신 선생의 말씀을 저는 한시도 잊은 적이 없습니다."

저는 줄곧 사람을 만나는 일을 해왔습니다. 신문사와 방송국에 다닐 때는 취재를 위해 사람들을 만났고, 푸르메재단이 세워진 뒤에는 도움을 청하기 위해 사람들을 만났습니다. 기자 생활을 하는 동안 만난 사람들은 좋은 사람과 나쁜 사람이 대략 반반 정도였습니다. 하지만 푸르메재단 일을 하면서 만난 분들은 대부분 좋은 사람이었습니다. 가난한 이웃을 위해 내 것을 나누고, 자신의 시간과 열정을 바치려는 사람들이었죠. 푸르메재단 일을 통해 알게 된 모든 분이 저에게는 김장하 선생 같은 분이었습니다. 용돈을 절약하고 자기 장난감을 팔아서 마련한 돈을 아픈 아이의 치료비에 써달라고 한 초등학생부터, 현재 거주중인 아파트를 기부하려는 80대 할머니까지 정말 다양한 분들이 있었습니다.

지하 사무실에 책상 두 개를 놓고 재단을 설립하기 위해 동분서주한 시절부터 이후 병원과 복지관, 직업재활센터, 농장, 카페가 세워지기까지 수많은 분이 함께해주었습니다. 몇 그루의 나무가 하나둘 모여 점차 숲을 이루듯 저희에게 숲의 토대를 마련해준 분들이죠. 이렇듯 지난 20년 동안 푸르메재단 일을 하면서 무수히 많은 분을 만났지만, 특별히 더 잊히지 않는 분들을 손꼽아봤습니다. 푸르메재단의 문을 열어주신 김성수 대한성공회 주교님과 고 박완서 선생님을 비롯해 강지원 변호사님, 고 김정주 대표님, 이철재 대표님, 이지선 교수님, 션 님, 권오록 할아버님, 박점식 회장님 등. 이 분들은 푸르메재단과 함께 꿈을 꾸고, 그 꿈을 현실로 만들어주었습니다. 물론 푸르메재단을 믿고 뜻과 정성을 모아준 기부자와 시민들도 빼놓을 수 없습니다. 이 책은 푸르메재단 건립 20주년을 맞아, 지난 시절 저희에게 은인이 되어준 분들께 바치는 헌사입니다.

책의 내용은 2024년 7월부터 인터넷신문 프레시안에 연재한

「세상을 바꾸는 힘, 나눔」 원고를 재정리한 것입니다. 많은 분의 도움 덕에 이 책이 세상에 나올 수 있었습니다. 먼저 제가 초고를 쓰면 꼼꼼하게 읽고 조언을 아끼지 않은 백해림 씨에게 고마움을 전합니다. 프레시안에 칼럼을 연재하는 데는 오선영 씨가 너무 수고해줬습니다. 재단의 설립 초기 도서바자회를 통해 어린이재활병원 건립 기금을 마련해준 문학동네와 좋은 인연이 이어져 책이 나올 수 있었습니다. 출판을 수락해준 김소영 대표님, 원고를 윤기나게 다듬고 편집해준 임혜지, 권한라 두 팀장에게도 감사의 인사를 올립니다. 마지막으로 늘 같은 자리에서 제가 하는 일을 격려해주는 아내 황혜경에게 감사와 사랑을 전합니다.

장애인이 행복하면 모두가 행복합니다. 그런 행복한 사회를 만들기 위해 푸르메재단은 앞으로도 최선을 다하겠습니다.

2025년 10월
백악산이 보이는 재단 사무실에서
백경학

1부 희망의 나무를 심은 사람들

희망의 나무를 심은 사람들

2005년 건립된 푸르메재단은 지난 20년 동안 남들이 가지 않은 길을 걸어왔습니다. 늘 저희를 격려하고 마음을 모아준 분들이 계셨기에 흔들리지 않고 사업에 전념할 수 있었습니다.

1974년 우리나라 최초의 발달장애인 특수학교인 '성베드로학교'를 세우고 강화도에 장애인공동체 '우리마을'을 지어 장애인과 함께 살고 있는 김성수 주교님, 그리고 오직 한길 '청소년 문제'에 헌신해온 강지원 변호사님은 푸르메재단의 상징입니다. 두 분은 각각 푸르메재단 이사장과 대표로서 '장애인도 보통의 삶을 살아야 한다'는 재단의 철학을 제시해주었습니다. 어린 나이에 외국에서 중증장애를 얻게 되었지만 끝내 희망을 포기하지 않고 벤처기업가로 우뚝 선 이철재 대표님은 큰 기부를 실천하고 있습니다. 사고로 한순간에 장애를 만났지만 고통의 시간을 잘 승화한 이지선 교수님은 사회복지 분야의 전문가가 됐습니다. 두 사람은 장애어린이뿐 아니라 우리에게 희망을 보여주는 모델입니다. 푸르메재단과 아름다운 인연으로 이어진 소설가 박완서 선생님과 시인 정호승 선생님은 문학작품과 당신의 삶을 통해 장애어린이에 대한 사랑을 실천해주었습니다.

한 분 한 분의 마음이 모여 푸르메재단이라는 숲이 자라날 수 있었습니다.

01 어머니의 이름으로 안아주세요

고 박완서 작가

"장애는 불편한 것이지만,
우리의 의지를 막을 수 없습니다"

"제 별명이 박완서 동생입니다"

"안녕하세요. 제 별명이 박완서 동생입니다. 조금 큰 앞니와 아래로 처진 눈매 때문에 선한 인상과 따뜻한 미소를 지니신 선생님과 닮았다는 이야기를 많이 듣습니다. 푸르메재단은 장애어린이의 재활치료를 지원하기 위해 새로 설립된 작은 비영리기관입니다. (…) 선생님의 글이 필요합니다."

2005년 여름, 소설가 박완서 선생님께 보낸 이메일 내용입니다.

그해 봄 출범한 푸르메재단은 첫번째 사업으로 상처받은 사람들을 위로해줄 수 있는 따뜻한 이야기를 담아 책으로 출간해보자는 계획을 세웠습니다. 세상을 살다보면 예기치 않은 일들을 겪게 됩니다. 그게 인생의 잔가지 몇 개를 부러뜨리고 지나가는 산들바람이라면 다행이겠지만, 삶의 뿌리를 송두리째 뽑아버리는 강렬한

태풍이라면 큰일이지요. 따뜻한 봄날, 산책을 하다가 갑자기 쏟아진 비를 맞고 심한 몸살을 앓는 정도는 참을 만한 불운입니다. 하지만 즐거운 퇴근길, 신호를 무시하고 달려온 자동차에 치여 크게 다치거나 엄청난 고통을 겪는다면 '왜 하필 나에게 이런 일이……' 하며 하늘을 원망할 수밖에 없습니다. 크나큰 불행과 고통에 빠져 지낼 때 '그래도 세상은 살 만한 것'이라고 등을 토닥이며 위로해줄 사람이 있다면 얼마나 좋을까 싶었습니다.

그때 박완서 선생님이 떠올랐습니다. 불혹의 나이에 등단해 70대 중반에도 활발하게 창작활동을 이어가는 노老 소설가. 어린 나이에 아버지를 여읜 뒤 한국전쟁의 참화 속에서 오빠를 잃고, 남편마저 암으로 떠나보낸 것으로도 모자랐는지 불과 석 달 후 눈에 넣어도 아프지 않을 외아들을 잃는 참척慘慽의 고통까지 겪은 분이니 불행에 대해 누구보다 확실한 대답을 들려줄 것 같았습니다.

선생님은 그때의 일을 「석양을 등에 지고 그림자를 밟다」(『기나긴 하루』, 문학동네, 2012, 34~35쪽)라는 글에서 "우린 남들이 부러워한 금슬 좋은 부부였고, 특히 나는 생활인으로 결격사항이 많은 사람이라 전적으로 의존적이었다. (중략) 혼자서 살 자신도 없었다. 극도의 무력감은 슬픔보다 더 나빴다. (중략) 남편의 영정을 머리맡에 두고, 여보 나 좀 데려가줘요, 하는 소리만 주문처럼 외고 살았다. 그런데 석 달 만에 남편이 데려간 건 내가 아니라 아들이었다. (중략) 이럴 리가 없다. 제발 꿈이어라. 방을 헤매며 온몸을 부딪치는 난동을 부려보았지만 악몽은 깨어나지 않았다. (중략) 나도 아들 곁으로 데려다달라고 처절하게 기도도 해보았다. 그러나 내 절규는 하느님의 견고한 침묵의 변죽도 울리지 못했다"라고 회고하셨습니다.

그런 고통을 경험한 박완서 선생님이라면 '우리에게 왜 이런 불행이 일어났을까'가 아니라 '우리에게 이런 불행이 일어날 수도 있어요' 하며 땅바닥에 주저앉은 이를 따스히 안아줄 것 같았습니다. 원고를 어떻게 부탁드릴까 고민하다가 선생님을 닮아서 가끔 '박완서 동생이 아니냐'는 말을 듣는다는 이야기로 운을 뗀 메일을 보냈습니다. 가장 고통스럽고 어려웠던 순간에 대한, 하지만 너무 젊은 시절이어서 포기할 수 없었던 그때의 마음을 글로 담아주십사 간곡히 청하였죠.

아들 또래면서 '박완서 동생'이라는 별명으로 소개한 제가 애틋하셨던 걸까요? "기꺼이 글을 써주겠다"는 답장이 도착했습니다. 그리고 한 달 뒤, 아흔 살의 당신 어머니가 임종을 맞을 때 고향집에서 일하던 머슴 '호뱅이'를 찾으셨다는, 재미있고 감동적인 일화가 담긴 「엄마의 마지막 유머」를 보내주셨죠. 박완서 선생님과의 인연은 이렇게 시작됐습니다.

선생님은 뵐 때마다 당신이 자랐던 고향집 풍경, 어린 시절과 학창 시절에 품었던 희망, 그리고 글을 쓰면서 느낀 삶의 지혜를 들려주었습니다.

2007년 한여름의 일입니다. 33도가 넘는 폭염을 뚫고 사무실을 방문한 선생님을 모시고 인근 식당을 찾았습니다. 선생님은 애주가답게 자리에 앉자마자 "더운데 목부터 축입시다!" 하고 제안하셨죠. 단순한 목마름이 아니라 마치 영혼의 갈증을 느끼는 듯했습니다. 연거푸 맥주 두 잔을 들이켠 선생님은 『토지』를 화제로 말문을 열었습니다.

"박경리 선생님이 사시던 원주집에서는 비닐 한 조각 나오지 않았어요. 당신의 삶과 환경이 같은 개념이었던 것 같아요. 우리 민족과 국토에 대한 사랑을 글뿐 아니라 몸으로 실천하신 거지요. 박경리 선생님이 쓰신 『토지』가 바로 우리 민족이고, 선생님은 『토지』를 통해 자연의 소중함을 노래하신 겁니다."

박완서 선생님에게 평생의 화두는 무엇이었을까. "어머니와 나는 피난 나갈 기회를 놓쳤어요. 서울에 남아 있으면서, 낮에는 민주주의가 되고 밤에는 사회주의가 되는 세상을 경험했지요. 사람들이 살아남기 위해 어떻게 변해가는지 관찰하는 좋은 기회였어요. 그때를 잊을 수가 없어요."

선생님은 음식 한 조각 앞에서 인간이 얼마나 처절하게 몰락해가는지를 목격했다고 합니다. 그런 아픈 기억과 경험 때문에 이념의 덧없음을, 그리고 불행한 이들을 끌어안고 사랑함으로써 자신의 상처도 치유될 수 있음을 깨달으신 걸까요?

장애어린이에 대한 사랑으로 승화한 아픔

박완서 선생님은 '박완서 동생'을 통해 인연을 맺은 푸르메재단을 끔찍이 아꼈습니다. 일찍이 아버지를 여의고 어렵게 살아온 어린 시절의 경험과 갑자기 막내아들을 잃은 어머니로서의 아픔을, 장애어린이에 대한 사랑으로 승화하셨다고 생각합니다.

매달 25일이 되면 푸르메재단 통장에 '박완서'라는 이름이 꼬박꼬박 새겨졌습니다. 새책을 출간했을 때나 연말에는 적지 않은 금액을 따로 보내주셨죠. 직원들을 격려하기 위해 1년에 두세 번 정도 재단 사무실을 방문하기도 했습니다. 그런 날은 즐거운 회식이 열렸습니다.

선생님은 장애어린이와 부모님들이 거제도로 소풍 가던 날에도 함께했는데요, 강당에서 마이크를 잡고는 왜 주부로 살다가 글을 쓰게 됐는지, 앞으로 어떤 글을 쓰고 싶은지 말씀하셨습니다. 특히 장애어린이들의 어머니들에게 전한 따뜻한 당부가 기억에 남습니다. "장애는 불편한 것이지만, 우리의 의지를 막을 수 없습니다. 어머니의 이름으로 우리 아이들을 안아주세요."

아치울마을의 노란 집

얼마 전 메일함을 정리하다가 박완서 선생님이 보내온 편지를 발견하고 생각에 잠겼습니다. 발신 날짜와 시간은 2010년 8월 22일 저녁 6시 28분이었습니다.

백경학 선생님께

즐거운 이메일 받고도 답신이 늦었네요. 올여름은 끝날 듯 끝날 듯

안 끝나는 참으로 지겨운 여름이었지요. 저는 5월 말경 집 계단에서 굴러서 왼쪽 다리 발등에 금이 가서 6월 한 달 동안이나 왼쪽 다리에 깁스를 하고 지냈습니다. 깁스만 떼어내면 날아갈 듯 자유로워질 줄 알았는데 깁스 떼고 의사도 잘 붙었다고 하는데도 한동안은 보행이 자유롭지 못했습니다. 지금 거의 다 나아 며칠 전에는 휴가도 다녀왔습니다. 그래도 아직도 몸의 균형이 잘 잡히지 않고 정신적인 후유증도 남아 있습니다. 계단만 보면 무서워서 전철 같은 건 탈 엄두를 못 냅니다.

초대 감사합니다. 예쁜 집 사진도 잘 보았습니다. 마당이 딸린 주택에 가보고 싶군요. 이 더위가 완전히 가시고 저도 걷는 데 더 자신이 붙고 난 9월 중순경이나, 아니면 추석 지나고 나서 날을 잡으면 어떨는지요. 그 무렵 우리 서로 다시 연락하도록 해요.

내일부터는 이 더위가 물러나리라는 예보가 나온 날
아치울에서 박완서

'완서'의 머리글자인 ws와 진주라는 뜻의 pearl, 그리고 태어난 해인 1931년을 의미하는 wspearl31이라는 선생님의 아이디만 봐도 옛 추억이 새록새록 떠오릅니다.

선생님은 어릴 때부터 정신을 딴 데 두고 걷다가 자주 넘어졌다고 하셨습니다. 날다람쥐처럼 재빠르게 뛰어다니는 또래 꼬마들에 비해 천천히 걷는 일조차 어려웠던 모양입니다. 당신은 작은 돌부리에도 곧잘 걸려 넘어진 것이 세상살이에 서툰 증거라고 말씀하셨죠. 하지만 여든에도 쉼없이 글을 쓰고 컴퓨터와 이메일을 사용할 정도로 선생님은 진취적인 '얼리어답터'였습니다.

다리를 다쳐서 집들이 초대에 응하기 어렵다는 편지를 받고 가을이 깊어갈 무렵 선생님 댁을 찾았습니다. 선생님은 오랫동안 성북구 보문동의 전통 기와집에 사셨는데요, 따님들이 간곡히 권유해 아파트로 이사했지만 갑갑함을 견딜 수 없었다고 합니다. 결국 구리시 아차산 자락에, 마당이 있는 아담한 목조주택을 지었죠. 선생님 설명대로 아치울마을에서 노란 집을 찾기란 어렵지 않았습니다.

댁에 도착해 벨을 누르고 한참이 지나자 선생님께서 불편한 다리를 이끌고 나오셨습니다. "아직 다리가 성치 않아 걷는 것이 힘들어요. 하지만 놀 수는 없어서 소일 삼아 잡초를 뽑고 있어요. 가을볕에 잡초가 얼마나 잘 자라는지 내년 봄이 걱정이네요. 일주일만 한눈팔아도 잡초밭이 되어버린다니까요. 정말 잡초의 생명력을 실감해요."

절뚝거리며 걷는 선생님의 안내를 받으며 집안으로 들어서자 마당이 한눈에 내다보이는, 커다란 유리통창으로 된 거실이 나왔습니다. 창가에는 정성스럽게 키우고 있는 양란 화분들이 가을 햇살을 받고 있었습니다. 방문이 빠끔히 열린 서재를 들여다보니 거의 천장에 닿을 정도로 책들이 쌓여 있었습니다.

선생님과 이런저런 얘기를 나누다가 "마당의 잡초가 기승을 부릴 이듬해 봄에 다시 와서 잡초를 모두 뽑아드리겠다"고 큰소리를 치기도 했습니다. 댁을 떠나기 전, 선생님이 물으셨습니다. "멀리 오셨으니 제가 책을 한 권 선물하고 싶어요. 제 책 중 무슨 책을 갖고 싶으세요?"

서가에는 『부끄러움을 가르칩니다』를 시작으로 『휘청거리는 오후』 『목마른 계절』 『엄마의 말뚝』 『오만과 몽상』 『그해 겨울은 따뜻했네』 『미망』 『그대 아직도 꿈꾸고 있는가』 『그 많던 싱아는 누가 다 먹었을까』 『그 산이 정말 거기 있었을까』 『너무도 쓸쓸한 당신』 등 선생님의 소설과 에세이가 꽂혀 있었습니다. 그중 저는 선생님의 첫 작품인 『나목』을 골랐습니다. 어려웠던 시절 누구나 벌거벗은 몸으로 한국전쟁의 추위를 견뎌야 했던 경험을 전한 『나목』이야말로 단연 선생님을 대표하는 작품이니까요.

봄날은 오지 않았지만……

슬하의 다섯 남매 중 막내아들이 초등학교에 들어갈 나이가 되자, 선생님은 봄을 기다리는 '나목'과 힘들고 가난했던 시절 '박수근 화백과의 아름다운 추억'을 연결지어 소설로 썼습니다. 이 작품이 『여성동아』 장편소설 공모전에 당선돼 불혹의 나이에 소설가로 등단하게 됐죠.

박완서 선생님은 책장에서 『나목』을 꺼내 사인까지 해주셨습니다. 귀한 선물을 받고 돌아와 잡초를 뽑으러 갈 봄날만을 기다렸지요. 그러다 갑자기 부음을 받았습니다. 선생님 댁을 다녀온 지 불과 석 달 만의 일이었습니다. 2011년 1월, 엄동설한의 추위 속에 선생님은 세상을 떠나셨습니다. 사인은 심장마비였습니다.

팔순의 연세에도 펜을 놓지 않고, 좋아하는 사람을 만나면 맥주잔에 소주를 콸콸 따르던 선생님. 술 한잔 따라드리며 지혜로운 말씀과 다정한 위로를 들을 날을 기약했지만 아쉽게도 그날은 오지 않았습니다.

박완서 선생님의 사진은 지금도 푸르메재단의 회의실에 걸려 있습니다. 7월 초록의 햇살 아래에서 선생님은 늘 그랬듯이 웃는 얼굴로 저희를 지켜보고 계십니다.

02

당신이 계셔서
참 다행입니다

김성수 대한성공회 주교

"부끄러워요, 정말
부끄러워요"

'우리들의 이야기' 속으로

"오랜만에 주교님을 뵈니 너무 많이 늙으셨어요. 눈물이 납니다. 그러고 보니 저도 많이 늙었네요. 우리 주교님 오래오래 사세요."

배우 윤여정 씨는 연신 손수건으로 눈물을 닦으며 김성수 주교님의 손을 잡았습니다. 분위기가 어색한 듯 옆자리에 앉은 가수 윤형주 씨가 혼잣말을 했습니다.

"주교님 연세가 아흔이 넘으셨잖아. 연세에 비해 젊어 보이시는데 뭘……"

2022년 12월, 서울 정동의 대한성공회 대성당에서 열린 김성수 주교님의 서품 60주년과 헌정문집 『우리 마음의 촌장님』 출간을 기념한 북콘서트에서의 일입니다. 눈물이 멎지 않아 한동안 말을 잇지 못하던 윤여정 씨가 다시 마이크를 잡았습니다.

"1967년도였던 것 같아요. 주교님은 당시 인천 성공회 성당의 신부님이셨어요. 제가 가장 힘들었던 때였습니다. 쎄시봉 친구들이 주말이면 몰려가 노래도 부르고 사제관에 있는 모든 것을 먹어 치웠습니다. 아마 주교님은 적은 월급을 거의 우리 먹을거리를 채워놓는 데 쓰셨을 것 같아요. 그런데 우리에게 단 한 번도 미사에 참석하라고 하지 않으셨어요. 그때 주교님에게서 진짜 사제의 모습을 발견할 수 있었습니다."

뒤이어 김성수 주교님이 마이크를 잡았습니다.

"여정이는 불쌍한 아이예요. 고향이 개성인데 어머니가 딸 셋을 데리고 잠깐 피난 나왔다 돌아가지 못했어요. 당시 아버지 없이 살아간다는 것이 얼마나 어려운 일이에요. 삶이 얼마나 고달팠을지 그저 마음속으로만 짐작합니다. 마치 제 딸 같아서 더 정이 가요."

이런 사연 때문에 김성수 주교님이 윤여정 씨를 양딸로 삼았는지 모릅니다. 주교님 눈에는 일흔이 넘은 그녀가 여전히 1967년 만났을 당시의 스무 살로 보이는 모양입니다.

가난하고 어려웠던 시절, 노래로만 살아갈 수 없었던 그때, 윤여정과 송창식, 윤형주, 이장희, 조영남은 총각 신부님의 사제관을 찾아가 노래를 부르며 노느라 밤을 꼬박 새우곤 했답니다. 젊은 날

서로 이해하고 받아들인 인연이 50년 넘게 이어져 때로는 좋은 친구로, 때로는 아버지와 딸로 아름답게 여물고 있다는 생각이 들었습니다.

잠시 후 윤형주 씨가 노래를 시작했습니다. 1980년대 즐겨 불렀던 송창식의 〈우리들의 이야기〉였습니다. 참석자 모두가 상념에 젖어 각자의 '우리들의 이야기'를 추억했습니다. 윤형주 씨가 농담처럼 말했듯 "웃음 짓는 커다란 두 눈동자"는 이제 거의 감겨 보이지 않을 때가 되었고, "긴 머리" 소녀는 이제 백발의 할머니가 되었겠지만 그때의 따뜻했던 기억은 영원히 잊히지 않겠지요.

우리나라 최초의 발달장애인 특수학교

김성수 주교님은 1974년 우리나라 최초의 발달장애인 특수학교인 '성베드로학교'를 당신이 교수로 재직했던 성공회대 안에 만드셨습니다. 사연은 이렇습니다. 성공회대가 자리한 구로구 항동은 옛날에는 주로 밭농사를 많이 짓는 외진 지역이었습니다. 이 학교에 새로 부임한 김성수 교수님은 인근 마을을 다니다 특이한 광경을 목격했습니다. 그때만 해도 부모가 아이를 집에 두고 일하러 나가는 경우가 많았는데요, 어떤 집은 밖으로 못 나오게 방이나 마당 나무에 아이를 묶어두기도 했습니다. 특히 지금 기준으로 발달장애어린이들의 경우, 혼자 움직이면 위험하다는 이유로 학교도

가지 못했죠.

김성수 교수님은 이 특별한 꼬마들을 위해 부모와 학교를 설득했습니다. 그렇게 성공회대 안에 특수학교 초등학교 과정이 만들어졌죠. 이곳에 입학한 어린이들은 국어, 산수가 아니라 상대방의 눈을 바라보며 배꼽 인사를 하는 법, 젓가락을 사용하는 방법, 용변을 가리는 법 등 바른 생활습관과 기초적인 예절을 배웠습니다.

이들이 초등학교를 졸업하게 되자 중학교 과정이, 그뒤에는 고등학교 과정이 개설되었습니다. 아이들이 고등학교 과정까지 졸업하자 김성수 주교님은 당신이 부모님에게 유산으로 물려받은 강화도 온수리 땅에 발달장애인작업장인 '우리마을'을 건립했습니다. 영국 출신인 그의 아내 프리다 여사님은 우리나라에 발달장애라는 단어조차 없던 그 시절, 아이들을 위해 놀이치료를 개발하는 등 주교님의 든든한 후원자가 됐습니다.

당신이 눈감기 전에……

평생 발달장애인을 위해 헌신해온 김 주교님은 요즘 새로운 고민에 빠져 있습니다. 어떻게 하면 젊은 시절부터 함께해온 발달장애인들이 편안하게 여생을 보낼 수 있는 소규모 요양원을 지을 수 있을까 하는 고민이죠. 성베드로학교를 졸업하고 주교님을 따라 '우리마을'에 살고 있는 제자 중에는 이제 60대 초반인 분도 있습니다. 발달장애인의 노화 속도는 비장애인보다 빠른 편이니 실제로는 80대인 셈입니다. 거동이나 의사표현도 쉽지 않은 이들을 위한 특별한 요양시설이 시급한 상황이죠. 이에 우리마을은 2022년부터 순차적으로 은퇴하게 될 장애인 20명 정도를 수용할 요양시설 건립을 추진해왔습니다. 하지만 정부는 현재 모든 형태의 장애인시설 건립을 반대하고 있습니다. 시설이 정말 필요하다면 개인적으로 건립해 운영하라는 입장을 고수하고 있습니다.

김성수 주교님은 당신이 눈감기 전에 이들이 인생의 마지막을 평안하게 보낼 터전을 마련하고 싶어서 보건복지부와 인천시, 강화군 등 관계 부처를 찾아 설득해보았지만 요지부동이었습니다. 아흔을 훌쩍 넘긴 주교님의 한숨이 날마다 더 깊어지고 있습니다. 이명박 대통령 때부터 지난 윤석열 정권에 이르기까지 정부는 장애인 탈시설 정책을 고수중입니다. 물론 장애인 인권을 보호하고 사회적 차별을 없앴다는, 진일보한 면도 있습니다. 하지만 장애 유형과 정도, 개인적인 상황 등을 고려하지 않은, 일괄적으로 동일하게 적용하는 정책은 문제가 아닐 수 없습니다.

장애인 당사자이면서, 2009년 당시 미국에서 사회복지학 박사과정을 밟고 있던 이지선 씨에게 장애인시설 문제를 어떻게 해결해야 할지 물었습니다. "저는 이곳에서 장애인시설이 지역사회와 완벽하게 융화되어 있음을 깨달았습니다. 우리나라는 대부분 외진 곳에 위치한 시설에 장애인들이 모여 살아, 격리된 것 같은 분위기가 강합니다. 이렇게 되면 장애인의 자기결정권이 약해지고 인권도 취약해질 수밖에 없습니다. 우리도 미국처럼 지역 내 소규모 시설이나, 두세 명이 함께 사는 그룹홈 형태로 하루빨리 전환되어야 합니다." 김성수 주교님의 마지막 꿈인 발달장애인의 요양원 건립 문제가 슬기롭게 해결될 방법은 무엇일까요?

119원이 만들어낸 기적

2019년 10월 7일 새벽에 발생한 누전으로 강화도 우리마을 안 콩나물공장이 한순간에 잿더미로 변했습니다. 발달장애인 50명이 지난 10년간 땀흘려온 일터였습니다. 우리마을과 콩나물공장이 없었다면 세상에 나오지 못했을지도 모를 사람들이 이곳에서 일해왔습니다. 이곳 직원 중 절반 이상이 40대 중후반입니다. 부모님이 연로하시거나 돌아가셔서 돌봄을 받기 어려운 처지입니다. 우리마을 그룹홈이 없었다면, 콩나물공장에서 일하지 않았더라면 이들은 어떻게 지냈을까요.

2001년 세워진 콩나물공장에서 하루 네 시간씩 행복하게 일하며 최저임금 이상을 받아온 이들에게 화재는 모든 것을 송두리째 빼앗아간 사건이었습니다. 폐허에 주저앉아 울고 있을 장애인 직원들의 모습이 떠올라 마음이 아팠습니다. 그런데 그 아픔을 딛고

1년 4개월 만에 다시 공장 문을 연다는 소식이 들려왔습니다. 기적이 따로 없었습니다. 기쁜 마음에 서둘러 김성수 주교님을 찾아뵈었습니다.

"얼마나 고생하셨어요. 진심으로 축하드립니다."

주교님께 반갑게 인사드렸습니다. 새 공장을 지었으니 환하게 웃으시겠거니 했는데 주교님의 낯빛은 어두웠습니다.

"이 은혜를 어떻게 갚아야 할지 큰 걱정이에요. 불 끄러 온 소방관들이 폐허로 변한 공장을 보고 매일 119원씩 모았대요. 불 꺼준 것도 고마운데 새 공장 지으라고 돈까지 모아줬으니 면목이 없어요. 정말 송구한 일이지만 이 늙은이는 그저 넙죽 그 돈을 받을 수밖에 없었고요. 원장 신부가 복구비 마련을 위해 이리 뛰고 저리 뛰었는데, 내가 혼자 한 일처럼 밖에 알려졌으니 부끄러워요, 정말 부끄러워요."

소방관들의 기부 소식이 알려지자 우리마을의 좋은 이웃인 천년 고찰 전등사도 팔을 걷고 나섰다고 합니다. 주지스님과 신도들이 기금을 모아주었죠. 이웃 초등학생들은 용돈을 모아 기부했고 지역 주민들은 바자회를 열었습니다. 콩나물 재배 기술을 전수하고, 생산된 콩나물 제품을 비싼 가격으로 구매해주던 '착한 기업' 풀무원은 새 공장 시설을 무상으로 지원해주는 등 힘을 보탰습니다. 이렇게 차곡차곡 모인 재건기금이 30억 원을 넘었습니다.

'기적의 주인공은 바로 주교님이라고, 당신이 평생 장애인을 위해 베푸셨으니 그 공덕이 되돌아온 것'이라고 말씀드리자, "어디 가서 그런 소리 마세요" 하며 화를 내셨습니다. "주교님께서 가지신 것을 모두 내놓아 우리마을이 생긴 것 아닙니까" 하자 "내 손으로 벌었다면 차마 내놓지 못했을 거예요. 부모님이 남겨주신 재산이니 가능했지요. 못난 나를 하느님께서 불쌍하게 여기시고 늘 도와주시는 거지요"라고 말씀하셨습니다.

늘 부끄러우신 우리 주교님

뵐 때마다 부끄럽다고 얼굴을 붉히며 손사래를 치는 주교님. 겸손을 목숨처럼 알고 실천해온 그분의 소매 솔기가 많이 닳았습니다. 이 옷은 팔꿈치에 가죽을 댄 재킷입니다. 영국인 장인어른에게 물려받아 50년 넘게 입은 옷이라고 합니다. 역시 우리 주교님이시지요. "물은 만물을 이롭게 하지만 다투지 않고 가장 낮은 곳으로 흐른다"는 『도덕경』 속 상선약수上善若水가 떠올랐습니다. 그러고 보면 김성수 주교님의 삶은, 욕심을 버리고 자연 속에서 더불어 살아간 노자의 사상과 많이 닮았습니다.

사람 만나는 일을 하다보니 크고 작은 일에 자주 감동받지만 때론 실망할 때도 있습니다. 큰 감동은 대부분 가난한 사람들로부터 옵니다. 어렵고 힘든 상황에서의 나눔은 그만큼 빛나기 때문입니다. 희귀난치병을 가지고 태어난 딸이 세상을 떠나자 푸르메재단을 찾은 아버지가 있었습니다. 그의 손에는 딸의 사망보험금이 들려 있었습니다. 비록 자신의 딸은 불치병으로 죽었지만, 아이가 남긴 이 돈으로 다른 장애어린이를 치료해달라고 부탁하셨습니다. 아프지 않고 건강하게 세상을 살아갈 수 있도록요. 그 자리에 함께한 사람들이 모두 감동의 눈물을 흘리고 말았습니다.

이름만 대면 알 만한 큰 부자나 신문에 자주 나오는 대기업 대표를 어쩌다 만날 때가 있는데 안타깝게도 실망하는 경우가 많습니다. 푸르메재단이 세워진 직후 초대이사장에 취임한 김성수 주교님을 모시고 큰 자동차회사를 찾아간 적이 있습니다. 매년 많은 사람이 사고와 질병으로 중도장애인이 되지만, 재활병원이라곤 신촌 세브란스재활병원과 서울재활병원만 있던 시절이었습니다. 당시 푸르메재단은 환자를 내 가족처럼 생각하는 재활병원 건립 캠페인을 벌이고 있었고요. 독일 뮌헨에 본사를 둔 BMW는 인근 재활병원과 협약을 맺어, 공장에서 일하다 재해를 입은 직원들뿐 아니라 교통사고로 다친 시민들의 재활치료를 지원하는 프로그램을 운영하고 있었습니다. BMW처럼 그 회사도 재활병원 건립에 동참해주십사 요청하기 위해 주교님과 함께 방문한 것이었지요.

굴지의 자동차회사가 재활병원 건립에 함께해준다면 화제도 되고 더 많은 사람들의 참여를 이끄리라 기대했습니다. 자동차회사 부회장은 '무엇이든 도와드리겠다'는 태도로 반갑게 주교님을 맞이했습니다. 면담은 순조롭게 진행되는 듯했습니다. 평생 장애인과 살아온 주교님은 "장애인 환자의 재활을 돕는 병원 건립을 도와달라"고 간곡하게 부탁하셨죠. 하지만 면담 끝에 돌아온 답변은 "한번 검토해보겠다"라는 형식적인 말뿐이었습니다.

총수가 모든 것을 결정하는 대기업의 구조상 부회장 입장에서는 선뜻 확답할 수 없었을 것입니다. 하지만 오랜 기다림 끝에 빈손으로 나오니 화가 났습니다. "매년 수조 원의 영업이익을 내는 대기업이 정말 이럴 수 있습니까? 빈손으로 돌려보내려면 왜 불렀는지 모르겠습니다." 울분을 토하는 제게 주교님은 말씀하셨습니다.

"우리가 하는 일이 뭔지 아세요. 앵벌이예요. 사익을 위한 것이 아니라, 어려운 사람을 위한 공익적 앵벌이지요."

어리둥절해하는 저에게 주교님은 말씀을 이어갔습니다.

"절대로 부자가 앞장서 가난한 사람을 돕지 않습니다. 겨우 살 만하거나 조금 부족한 사람이 베푸는 법이에요. 한 번 거절당했다고 낙담하지 마세요. 열 번 전화해야 한 번 만날 수 있고, 열 번 만나야 겨우 마음을 열 수 있습니다. 오늘 잘 설명했으니 그것만으로도 성공한 셈이에요." 주교님은 그렇게 저를 위로하셨습니다.

살아가면서 선한 기운을 주는 분이 곁에 있다는 것은 큰 축복입니다. 평생 인내와 겸손으로 살아온 김성수 주교님을 뵐 때마다 저도 당신에게 전염돼 조금씩 얼굴이 붉어지고 머리가 숙여집니다.

당신이 계셔서 참 다행입니다.

03

키다리 아저씨의 어린이 사랑

이철재 전 쿼드디멘션스 대표

"장애를 가지고 태어난
우리 어린이들에게
늘 마음의 빚을 가지고 있었습니다"

휠체어를 탄 키다리 아저씨

비영리기관에서 일을 하다보면 언론사 기자나 경찰관 못지않게 정보전을 벌여야 할 때가 있습니다. 얼굴도 이름도 모를 후원자가 기부를 했을 때나, 베일에 싸인 어느 기업이 익명으로 기부 의사를 밝혀왔을 때입니다. 일단 은행 직원을 설득해보고 안 되면 인터넷을 뒤져서라도 어떻게든 정보를 찾아봅니다. 그러다 뭔가가 포착되면 전문가나 확인해줄 만한 분에게 자문을 구합니다. 두세 번의 확인 절차를 거친 뒤 투명한 자금이라고 판단될 경우, 기쁜 마음으로 기부를 받는 것이지요. 오래전 굴지의 대기업이 기부를 제안해왔지만 문제의 소지가 있어서 거절했습니다. 최근에는 외국계 기업을 소개해주겠다는 지인의 제안을 뿌리쳐야 했지요. 원칙과 기준에서 벗어난 기부를 받으면 당장은 도움이 될지 몰라도 언젠가 반드시 재단에 독이 된다고 믿기 때문입니다.

재단 초기, 푸르메재단 통장으로 매달 50만 원의 후원금이 입금됐습니다. 직장인에게는 무척 큰 금액이었습니다. 송금자는 '이철재'라고 되어 있었는데, 우여곡절 끝에 그가 '쿼드디멘션스'라는 소프트웨어 회사의 대표임을 알아냈습니다. 2000년 설립된 쿼드디멘션스는 임직원이 여든 명 정도인 작지 않은 벤처기업이었습니다. 회사로 여러 차례 전화를 걸어 겨우 면담 일정을 잡았고, 얼마 후 쿼드디멘션스가 입주한 여의도 63빌딩에 방문했습니다.

약속 시간이 되자 티셔츠 차림의 30대 청년이 휠체어를 타고 나타났습니다. 이철재 대표였습니다. 서글서글한 눈매처럼 성격도 시원시원한 그는 자신을 '키다리 아저씨'라고 소개했습니다. 휠체어에 앉아 있었지만 키가 185센티미터는 훌쩍 넘을 것 같았습니다. 처음 만난 자리였지만 오래 알아온 사이처럼 마음을 열고 대화를 나눴습니다. 열여섯 어린 나이에 꿈을 안고 외국으로 유학을 떠난 이야기부터 교통사고를 당하며 겪었던 고통과 격동의 순간들, 그리고 오늘에 이르게 된 과정을 들었습니다. 때로는 탄식하고 때로는 박수치고 기뻐하면서 이야기에 빠져들다보니 감동의 눈물이 흘러내렸습니다.

열여덟, 꿈이 무너지다

"아마 제가 한국에서 교통사고를 당했더라면, 모든 것을 포기한 채 지방의 재활원에 누워 인생을 한탄하고 있을지 모릅니다." 1988년의 1월 27일, 그는 미국 로스앤젤레스에서 교통사고를 당했습니다.

아들이 넓은 세상을 경험하길 원했던 부모님 덕분에 두 살 아래 동생과 함께 미국으로 조기 유학을 떠났다고 합니다. 아버지는 하와이에서 초콜릿공장을 운영하셨기에, 아버지 친구 집에 머물며 고등학교를 다녔지요. 사고가 난 그날도 평범한 하루를 보내고 집에 돌아가는 중이었습니다. 달리는 차 안에서 무심히 창밖을 바라보고 있다가 갑자기 '쾅' 하는 굉음과 함께 정신을 잃었습니다. 승용차 한 대가 끼어들면서 그가 탄 자동차가 전복된 것이었습니다. 얼마나 시간이 흘렀을까, 눈을 떠보니 병원 응급실이었습니다. 자신의 몸에 박혀 있는 여러 개 주삿바늘이 눈에 들어왔습니다.

"몸이 어떤 상태인지 몰랐어요. 전혀 움직일 수가 없어서 다리를 심하게 다쳤을 거라고 짐작만 했습니다. 몇 개월 치료받으면 훌훌 털고 일어나 다시 집과 학교로 돌아갈 수 있으리라 믿었죠. 그런데 이상하게 한 달이 지나고 두 달이 지나도 몸이 말을 듣지 않았습니다."

현실은 가혹했습니다. 사고가 난 그 순간 몸이 차 안에서 한 바퀴 돌면서 목뼈를 크게 다친 것입니다. 가슴 아래로는 아예 감각이 없었습니다. 아무리 발버둥을 쳐도 몸이 전혀 움직이지 않았습니다. 주치의는 단호하게 말했습니다. "너는 앞으로 혼자 설 수도, 걸을 수도, 양손을 사용할 수도 없을 거다. 이런 현실을 받아들여야 한다." 의사는 앞으로 소년이 부딪힐 현실을 냉정하게 설명해주고 사라졌습니다. 그렇게까지 솔직할 필요는 없었겠지만, 현실을 직시하게 하려는 의도였겠죠. 열여덟 소년의 꿈은 그렇게 꺾어버린 듯했습니다.

그런데, 기적이 일어나다

그가 응급 수술을 받고 옮겨진 곳은 로스앤젤레스 중심에 위치한 랜초로스아미고 국립재활병원이었습니다. 세계에서 손꼽히는 재활병원인 그곳에서 재활치료를 받을 수 있다는 게 그나마 불행 중 다행이었습니다. 하지만 의사의 말대로 그는 걸을 수도, 홀로 설 수도 없었습니다.

병원에 입원하고 어느 날 동생에게 담배 심부름을 시켰다고 합니다. 당시 미국은 흡연에 대해 지금처럼 엄격하지 않았습니다. 흡연 구역에서는 담배를 피울 수 있었고, 그의 나이면 미국에서는 흡연이 가능했지요. 친절한 간호사에게 부탁하면 그녀가 침대를 병실 밖으로 끌고 나가줬습니다.

"치료 시간이 끝나면 제가 할 수 있는 일은 담배를 피우는 것뿐이었습니다. 원래는 비흡연자였지만, 거기서 담배라도 피우지 않으면 정말 미칠 것 같았습니다. 손을 못 움직이는 저를 위해 친절한 간호사가 아예 철사로 담배를 꽂을 수 있는 장치까지 만들어줬지요."

오랜 입원 생활이 끝나고 통원치료가 이어졌습니다. 병원을 오가며 치료를 받는 데 꼬박 1년이 걸렸습니다. 그사이 친구들은 모두 대학생이 됐습니다. 자신만 덩그러니 세상 밖으로 내던져진 기분이었습니다. 하지만 이렇게 주저앉을 수는 없다고, 일어나야겠다고 결심했습니다.

"미국 대학에 진학하려면 일종의 대학수학능력시험인 SAT 점수가 필요합니다. 미국 고교생들은 우리의 고교 2학년과 3학년 1학기 때 SAT를 쳐서 그중 높은 점수로 원하는 대학에 지원할 수 있습니다. 저는 교통사고가 나기 전에 SAT를 한 번 응시했지만, 고교 마지막 학기를 이수하지 못했고 졸업도 못 한 상태였습니다. 그래도 목표로 삼았던 스탠퍼드대에 입학원서를 냈습니다."

꼭 가고 싶었던 대학이었기에, 그는 SAT 점수와 함께 왜 마지막 학기를 이수하지 못했는지 에세이를 써서 보냈습니다. 결과는 참혹했습니다. 고교 졸업장과 학기 이수 증명서가 없기 때문에 입학이 불가하다는 원칙적인 답이 돌아왔습니다. 아마 다른 대학들도 똑같은 기준을 적용할 것 같았습니다. 앞으로 남은 생을 집안에 갇힌 채 누워서 지내야 한다고 생각하니, 하늘이 무너지는 기분이었습니다. 마지막으로 한 곳에 더 원서를 보내보기로 했습니다. 여기도 안 되면 포기하기로 마음먹었습니다. 버클리대였습니다. 그런데 기적이 일어났습니다. "고교 졸업이 자격 요건이지만 이철재 학생이 처한 특수한 사정을 감안하겠다"며 "직접 학교로 와서 구두 면접을 볼 수 있느냐"는 연락이 온 겁니다.

동생이 운전하는 차를 타고 로스앤젤레스에서 샌프란시스코까지 640킬로미터를 쉬지 않고 달려갔습니다. "만약 우리 학교에 입학한다면 무엇을 전공하고 싶습니까?" 하고 묻는 면접관에게 "뉴로사이언스(신경과학)를 전공해 저처럼 신경조직이 파괴된 사람들이 일상생활을 할 수 있도록 돕고 싶습니다"라고 답했습니다. 왜 자신이 대학에 진학해야 하는지, 버클리에서 무엇을 공부하고 싶은지, 어떤 사람이 되고 싶은지 열정적으로 설명했습니다. 결국 버클리대는 그의 입학을 허락했습니다.

버클리대에 녹아 있는 '로버츠의 정신'

입학 자격을 갖추지 못한 그가 버클리대에 진학한 데에는 진보적인 학풍이 크게 작용했습니다. 1960년대부터 버클리대는 미국의 베트남전쟁 반대, 언론 자유, 장애인 인권운동의 중심지였습니다.

전신마비의 중증장애를 가졌다는 이유로 두 번씩이나 입학을 거절 당했지만, 1962년 호흡기를 달고서 결국 이 대학에 입학한 에드워드 로버츠가 버클리대와 샌프란시스코를 '장애인 천국'으로 만들었기 때문입니다.

로버츠는 대학 인근에 위치한 병원 입원실을 기숙사 삼아 일반 뇌성마비 환자들과 생활했습니다. 매일 병원에서 자고 학교로 가서 수업을 들었습니다. 그러던 어느 날 로버츠는 왜 자신이 다른 학생들처럼 기숙사가 아니라 병원에서 살아야 하는지 의문을 갖게 됐습니다. 학생이 아니라 중환자 대우를 받고 있다는 생각이었죠. 이때부터 그는 장애인 인권운동을 시작했습니다.

그는 호흡기를 매단 채 자신을 시내버스에 쇠사슬로 묶고 장애인 편의시설의 설치를 요구했습니다. 요즘 한국의 장애인단체 회원들이 벌이는 쇠사슬 시위도 여기서 비롯됐습니다. 그렇게 버클리대는 장애인 권익운동의 발상지로 자리매김합니다. 지금은 비교적 흔해진 휠체어 경사로와 장애인 전용 주차구역, 장애인 화장실 등이 로버츠가 투쟁한 결과물입니다. 그는 병원 입원실을 뛰쳐나와 장애인 자립을 지원하기 위해 독립생활센터Center for Independent Living, CIL를 세웠는데, 이는 미국 전역으로 확산돼 현재는 400여 개가 운영되고 있습니다.

여기서 끝이 아닙니다. 로버츠는 버클리대를 졸업한 뒤 캘리포

니아주 정부의 재활지원국장에 임명돼, 장애인 정책을 구체화하는 데 크게 기여했습니다. 그가 주장한 장애인 차별 철폐 정책과 경제 지원 정책은 1990년 제정된 미국 장애인법에 고스란히 담겨 있습니다. 미국 내 가장 진취적인 지방정부인 샌프란시스코시와 사회 변화를 주도하는 버클리대의 정신은 이후 스탠퍼드대와 더불어 구글, 애플, 인텔, 페이스북 등 세계적인 IT기업을 낳는 결과로 이어졌습니다. 인텔의 고든 무어, 애플의 스티브 워즈니악 등이 버클리 출신이죠. 버클리대에 녹아 있는 로버츠의 정신이 중증장애를 가진 이철재 씨를 신입생으로 받아들이게 만든 것이고요. 다른 사람 같았으면 포기했을 듯한데, 청년 이철재는 자기 힘으로 세상으로 나아가는 통로에 들어섰습니다. 인간의 가치는 그가 품은 희망에 의해 결정된다는 말도 있듯이, 그는 꿈과 희망을 토대로 자신의 가치를 빛나게 만들어가고 있었습니다.

"시련은 저를 강하게 만들었습니다."

버클리대와 캘리포니아주 정부는 급경사로 이뤄진 캠퍼스를 자유롭게 이동하도록 최고급 전동휠체어를 지원했고, 기숙사와 강의실에 각종 편의시설도 설치했습니다. 하지만 모든 것이 시련의 연속이었습니다. 일례로 남들은 10분이면 할 수 있는 샤워도 그에게는 큰 고역이었습니다. 혼자 옷을 벗는 일도 힘들었지만, 샤워를 마친 뒤 다시 옷을 입는 일도 험난했습니다. 단추가 안 끼워져 한두 시간을 훌쩍 넘길 때도 있었습니다. 아침 일찍 시작되는 실험을 위해 그는 새벽 4시부터 준비해야 했습니다.

"좋은 보조기구를 지원받았지만 갑자기 중증장애인이 된 저에게는 모든 것이 장벽처럼 느껴졌습니다. 누군가에게 도움을 받을 수도 있겠지만, 결국 많은 시간을 투자해 혼자 해나가는 방법을 배워야 했습니다. 시련은 저를 강하게 만들었습니다."

피나는 노력 끝에 그는 마침내 우수한 성적으로 졸업장을 받았습니다. 대학원에 진학했고 박사과정에도 들어갔습니다. 하지만 하루하루가 전투였습니다. '학생 신분으로 세미나를 준비하기도 이렇게 버거운데 만약 나중에 교수가 되면 어떻게 강단에 설 것인가, 어떻게 가르칠 것인가, 나는 과연 교수로서 재능이 있을까' 하는 걱정이 날마다 밀물처럼 몰려왔습니다. 점점 자신이 없어졌습니다.

"한참 방황하다 결국 박사과정을 자퇴하고 실리콘밸리에 있는 작은 컴퓨터회사에 취직했습니다. 거기서 몇 년 일하다보니 성공할 수 있다는 확신이 생겼습니다. 그렇게 후배들과 작은 IT기업을 창업해 오늘에 이르게 됐습니다." 때마침 한국에서도 IT 붐이 불자 그는 아예 귀국해 회사를 세웠습니다.

장애어린이에 대한 마음의 빚

"제가 푸르메재단에서 멀지 않은 청운동에 살아요. 매일 아침 푸르메재단 앞을 지나 출근하죠. '푸르메'라고 적힌 노란색 간판을 보고, 처음에는 환경단체라고 생각했습니다. 그런데 홈페이지에 들어가보니 장애의 조기 발견과 재활치료의 중요성을 강조하고 있더라고요. 특히 우리나라에 아직 없는 어린이재활병원 건립을 목표로 하고 있어서 크게 공감했습니다. 어린 나이에 교통사고를 당한 저는 누구보다 조기치료의 중요성을 절감하고 있습니다. 저는 운좋게 미국에서 가장 좋은 재활치료를 받을 수 있었습니다. 미국 사회가 저에게 4000만 원이 넘는 전동휠체어와 각종 보장구를 지원했고, 원하는 대학에서 원하는 공부를 할 수 있게 기회를 줬기에 이 자리까지 올 수 있었지요. 그래서인지 장애를 가지고 태어난 우리 어린이들에게 늘 마음의 빚을 가지고 있었습니다."

저는 이철재 대표에게 장애어린이가 재활치료를 받을 수 있는 작은 의원과 장애인치과를 세우는 것이 푸르메재단의 우선적인 목표라고 설명했습니다. 그러자 이런 답이 돌아왔습니다.

"미국은 저소득층도 메디케어라는 의료보험제도를 통해서 재활치료를 받을 수 있는데요, 우리도 환자가 돈 걱정 없이 치료받을 수 있는 병원이 있으면 좋겠습니다. 한순간의 사고로 중도장애를 갖게 되면 부정하고, 분노하고, 좌절하다가 결국에는 자신의 처지를 수용하는 네 단계를 거치게 된다죠. 사람마다 다르겠지만 충분히 준비해 사회로 나올 수 있도록 지원하는 시스템이 갖춰져야 합니다. 그런 병원이 한국에 하나라도 있으면 좋겠습니다. 그 일을 푸르메재단에서 해주십시오."

2011년 우여곡절 끝에 드디어 꿈에 그리던 푸르메센터 착공식을 가졌습니다. 종로구 소유의 600평 부지 위에 어린이재활의원과 장애인전용치과, 장애인복지관 등 장애인을 위한 의료복지시설을 갖출 예정이었습니다. 푸르메재단이 건물을 지어 종로구에 기부채납한 뒤 30년 동안 운영하는 방식이었습니다. 건립비로 75억 원, 기자재 구입 및 초기 운영비로 25억 원 등 모두 100억 원이 필요했지만, 그때까지 80억 원이 모금된 상태였습니다. 전 직원이 거리 모금까지 나섰지만 상황은 여의치 않았습니다. 그러던 어느 날, 이철재 대표에게 전화가 걸려왔습니다.

"조금 여유가 있어 기금을 보내려고 합니다. 그런데 조건이 하나 있습니다. 미국 출장을 다니면서 눈여겨본 그림이 한 점 있는데 어린이들이 좋아할 것 같습니다. 푸르메센터 안에 어린이들에게 잘 보이는 공간 하나를 비워주십시오. 그곳에 그림을 설치하고 싶습니다."

며칠 뒤 재무 담당 직원이 흥분해 달려왔습니다. 사무실에 있으면 직원들이 가끔 기쁜 소식이나 슬픈 소식을 가지고 뛰어오곤 합니다. 이날은 기쁜 소식이었습니다. 직원은 흥분한 목소리로 재단 통장에 10억 원의 거금이 들어왔다고 했습니다. 송금자는 바로 이철재 대표였습니다. 게임회사 넥슨에서 이철재 대표의 퀴드디멘션스를 인수합병하면서, 넥슨의 비상장주식을 이 대표가 받게 되었는데 이를 담보로 대출을 받아 재단에 기부했다고 합니다. 은행 대출을 받아 기부하다니 수중에 있는 돈을 기부하는 것보다 열 배, 스무 배 어려운 일입니다. 그래서 눈물이 나게 고마웠습니다.

약속처럼 그가 뉴욕갤러리에 주문한 그림을 푸르메센터의 어린이재활의원 로비에 설치했습니다. 그 그림은 미국의 유명작가 피터 오페임의 〈비행하는 강아지와 아기 조종사〉였습니다. 2012년 7월 문을 연 푸르메센터에는 매일 백 명 이상의 어린이들이 치료를 받으러 찾아옵니다. 이 대표가 기증한 그림 앞은 늘 꼬마들로 붐비는데요, 이 그림 옆에는 작은 안내 문구가 붙어 있습니다. '어린이를 사랑한 이철재 키다리 아저씨가 기증했습니다.'

이 대표는 그후 마포에 어린이재활병원을 지을 때나 여주에 발달장애청년이 일할 농장을 지을 때도 적잖은 기금을 내놓았습니다. 푸르메재단은 감사의 의미로 푸르메센터 강당 입구에 그의 모습이 담긴 부조를 새기고 '이철재홀'이라고 이름지었습니다. 지금도 가끔 그에게서 전화가 오곤 합니다. "오랜만에 뵙고 싶어서 지금 재단 1층 카페에 와 있습니다. 내려와서 커피 한잔하시지요." 키다리 아저씨는 저에게 언제 만나도 반가운 손님입니다.

04

사는 게 맛있다

이지선 이화여대 교수

"덤으로 사는 인생이니
힘닿는 데까지 어려운
사람을 돕자고 결심하곤 해요"

절망 속에서 희망을, 고통 속에서 감사를

"사고 후 일주일 동안 중환자실에서 산소호흡기를 끼고 있었어요. 그러던 어느 날 의사 선생님이 몸속 깊숙이 박힌 것 같았던 산소호흡기를 빼고 물을 주셨어요. 오랜 시간 말라 있던 제 목을 축여주는 그 물은 너무도 시원하고 맛있었어요. 세상에서 가장 맛있는 물이었습니다. 아직도 그 시원한 물맛을 잊지 못합니다."

생과 사를 오가던 이지선 씨는 병상에서 아주 사소하지만 감사한 것들을 발견했습니다. "창밖에 비친 구름을 볼 수 있어 감사하고, 짧은 손가락으로 환자복의 단추를 채울 수 있어 감사하고, 비록 여덟 개의 손가락을 잘랐지만 남은 엄지손가락 두 개 덕분에 글을 쓸 수 있어 감사합니다" 하는 기도를 올렸습니다. 그리고 '내일이면 또다른 감사할 거리가 생기겠구나' 하는 희망을 가졌습니다.

2000년 여름, 그녀는 여느 때처럼 학교 도서관에서 늦게까지 공부한 뒤 오빠가 모는 소형차를 타고 함께 집으로 돌아가던 중 교통사고를 당했습니다. 음주운전자가 낸 사고였습니다. 가해자는 소주를 다섯 병이나 마시고 음주 측정을 피해 달아나다가 다른 차와 접촉사고를 낸 뒤, 신호가 바뀌길 기다리며 정차중인 남매의 차를 전속력으로 들이받았습니다. 지선 씨가 탄 차는 중앙선을 넘어가 다른 일곱 대의 차와 부딪힌 후에야 겨우 멈췄습니다. 사고가 난 순간 그녀는 '쾅' 하는 굉음과 함께 정신을 잃었습니다. 먼저 정신을 차린 오빠가 불타고 있는 자동차에서 동생을 구해냈지만, 이미 전신의 55퍼센트가 불에 타는 3도 화상을 입은 후였습니다. 그때 그녀의 나이는 겨우 23살이었고, 진로를 고민하던 대학교 4학년생이었습니다.

지선 씨는 사고 후 일주일 만에 처음으로 자기 모습을 봤습니다. 뼈가 드러난 다리에 불에 탄 노란 근육이 붙어 있었습니다. '난 이제 살지 못하겠구나. 이렇게 생을 마감하는구나' 싶었다고 합니다. 저승의 문턱에서 목숨은 건졌지만 끔찍한 고통과 후유증을 겪어야 했습니다. 부상 중 가장 고통스러운 것이 화상이라는 말이 맞았습니다. 온몸을 바늘로 찌르는 것 같은 통증이 시도 때도 없이 엄습했습니다. 그렇지만 그녀는 포기하지 않았습니다.

푸르메재단의 '첫' 홍보대사

제가 지선 씨를 알게 된 것은 2003년 출간된 에세이 『지선아 사랑해』를 통해서였습니다. 그녀는 그 깊은 절망 속에서 희망을, 극심한 고통 속에서 감사를 노래하고 있었습니다. 삶은 죽음보다 강했습니다.

2005년 푸르메재단이 설립되자 저는 지선 씨의 홈페이지를 찾아 '꼭 한번 만나고 싶다'는 쪽지를 남겼습니다. 금방 연락이 왔고 우리는 여의도의 작은 카페에서 만났습니다. 죽음을 떨치고 일어선 만큼 누구보다 강하고 독한 사람일 줄 알았는데, 직접 만난 그녀는 생각과 달리 여리고 가냘픈 사람이었습니다. 저는 "같은 고통을 겪고 있는 사람들에게 희망을 줄 수 있도록 푸르메재단의 홍보대사가 되어달라"고 부탁했습니다. 처음에 주저했지만 곧 결심이 선 듯했습니다. "저에게 기적이 일어난 이유가 분명히 있을 거예요. 치료가 필요한 장애어린이들의 상황과 재활병원 건립의 필요성을 알리는 데 적극 나서겠습니다." 이렇게 지선 씨는 푸르메재단의 첫번째 홍보대사가 됐습니다.

석 달 뒤, 그녀는 미국 보스턴대로 유학을 떠났습니다. 사고 전에는 유아교육학을 전공했던 그녀가 사고 후 재활상담학으로 전공을 바꿔 유학을 결심한 데에는 이유가 있었습니다. 사람들의 시선 때문이었습니다. 자신에게 쏠리는 불필요한 관심이 죽기보다 견디기 힘들었다고 합니다. 그래서 재활상담학을 공부해 자신처럼 사고와 질병으로 중도장애를 갖게 된 사람을 돕고 싶다고 했습니다.

고통을 미소로 승화시킨 원동력

화상으로 외모가 크게 변한 지선 씨를 본 사람들은 수군거렸습니다. 가던 길을 되돌아와 그녀의 얼굴을 다시 한번 쳐다보는 사람도 있었습니다. 굳이 표현하지 않아도 될 텐데 혀를 끌끌 차며 불쌍하다는 말을 뱉는 사람들도 많았습니다. 환청처럼 혀를 차는 소리가 자꾸만 들려왔습니다. 늘 사람들의 시선을 의식해야 하는 상황이 화상보다 더 고통스러웠습니다.

이듬해 그녀는 수술을 받기 위해 잠시 귀국했습니다. 화상을 입으면 불길에 닿은 피부와 신체조직이 파괴되기 때문에 다른 부상과 비교가 안 될 정도로 통증이 심하다고 합니다. 화상 부위에 피부 이식수술을 받아야 하는데, 자기 몸에서 이식한 피부도 시간이 지나면 변형되기 때문에 성한 곳의 피부를 떼어내 다시 수술해야 한다고 합니다. 지선 씨가 이런 얘기를 한 적이 있습니다.

"사람이 침을 많이 흘린다는 것을 다치고 나서야 알게 됐어요. 입 주변 피부가 오그라들면서 입이 벌어지니까 침이 쏟아져나왔어요." 뿐만 아니라 턱 아래 피부가 줄어들면서 고개가 자꾸 앞으로 숙여졌습니다. 눈 주위의 피부가 수축하면서 눈을 뜨고 자야 하는 고통도 뒤따랐습니다. 이미 수십 차례의 수술을 받은 그녀는 언제부턴가 수술 횟수를 세지 않게 됐다고 합니다.

저는 지선 씨가 좌절 속에서도 자신을 단련하고 고통을 미소로 승화시킨 원동력이 무엇인지 궁금했습니다. 그녀는 미국에서 경험한 장애인 지원제도에 큰 자극을 받았다고 했습니다. "제가 얼마나 약한 존재인지 알게 됐고, 자존감이 바닥까지 낮아졌어요. 인생 공부를 톡톡히 한 셈이지요. 나만을 위하며 편하게 살자고 생각하다가도, 덤으로 사는 인생이니 힘닿는 데까지 어려운 사람을 돕자고 결심하곤 해요. 어떻게 하면 선진국처럼 우리나라에서도 장애인들이 독립된 인격체로 존중받으면서 살아갈 수 있을지 고민중입니다."

방학 때마다 지선 씨는 한국에 돌아와 교회와 대학을 돌며 간증과 강연을 했습니다. 기회가 되면 저도 강연장을 찾아가곤 했는데, 그녀는 자신의 이야기를 전하며 강연 중간중간에 장애어린이들에게 재활치료가 얼마나 중요한가를 강조해줬습니다. 그 덕에 적지 않은 분들이 강연을 들은 후 푸르메재단의 후원자가 되었습니다.

7시간 22분의 기적, 뉴욕마라톤대회

2009년 가을, 저는 장애인들과 뉴욕마라톤대회에 참가했습니다. 교통사고로 하반신 마비가 50대 초반의 가장을 비롯해 지체장애, 시각장애, 청각장애 등 사고와 질병으로 중도장애를 갖게 된 분들이었습니다. 갑작스러운 사고로 중도장애인이 됐지만 국제마라톤대회에서 완주해 아이들에게 아빠도 할 수 있다는 것을 보여주고 싶어한 참가자도 있었습니다. 삶에 대한 자신감도 회복하고 푸르메재단이 추진중인 재활병원 건립의 필요성도 알리겠다고 기운이 넘치셨죠. 그런데 그분은 뉴욕에 도착한 지 이틀이 지났는데도 식사를 하지 않았습니다. '속이 안 좋나보다' 생각하다가 사흘째 되는 날 왜 아무것도 안 먹는지 물었습니다. 그는 얼굴을 붉히며 말했습니다.

"저 혼자서는 배변을 할 수 없습니다. 지금까지 아내가 도와줬는데 아내가 없으니 먹는 것을 참고 있습니다." 하반신 마비환자 중에는 다른 사람의 도움을 받아야 배변을 할 수 있는 분이 있다는 사실을 처음 알았습니다. 저의 무지가 부끄럽고 미안하기도 하고, 무엇보다 그의 도전을 응원하고 싶은 마음에 제가 그 일을 하겠다고 나섰습니다. 그분은 식사를 시작한 후 얻은 에너지로 다행히 마라톤을 완주할 수 있었습니다.

당시 뉴욕 컬럼비아대에서 공부중인 지선 씨에게 전화를 걸어, 조심스럽게 뉴욕마라톤대회 참가를 권했습니다. 피부로 호흡을 할 수 없는 화상 환자가 마라톤을 뛴다는 것은 위험한 일입니다. 그래서 홍보대사로서 5킬로미터만 함께 달리자고 제안했습니다. "사고 이후 9년 동안 숨쉬기 빼고 운동을 해본 적이 없지만 열심히 달려볼 게요." 그녀가 힘차게 대답했습니다.

드디어 11월 1일 맨해튼 일대에서 뉴욕마라톤대회가 열렸습니다. 화창한 가을날이었습니다. 출발 전 지선 씨에게 "힘들면 5킬로미터만 갔다가 지하철을 타고 돌아오면 돼요. 절대 무리하면 안 돼요" 하고 여러 번 다짐을 받았습니다. 오전 9시 뉴욕 스태튼섬을 출발한 4만 명이 넘는 참가자들은 정오가 지나자 약속이라도 한 듯 하나둘 결승점으로 들어왔습니다. 함께 참가한 다른 장애인들도 모두 들어온 뒤, 맨해튼 센트럴파크 안에 위치한 결승점에서 저는 지선 씨가 나타나길 목이 빠지게 기다렸습니다. 출발한 지 여섯 시간이 지났습니다. 뉴욕의 늦가을 해는 짧아서 오후 4시가 지나자 서서히 땅거미가 내려앉았습니다.

조금만 뛰다가 힘들면 중간에 포기하라고 그렇게 신신당부했는데, 도중에 기숙사로 돌아갔다면 연락이 왔을 텐데…… 뉴욕의 어느 골목에서 주저앉아 울고 있거나 의식을 잃고 쓰러져 병원에 누워 있을지도 모른다는 생각에 불안해졌습니다. 무언가 큰 사달이 난 게 틀림없었습니다.

대회가 시작된 지 일곱 시간이 지나자 진행요원들이 결승점 주변의 바리케이드를 하나둘 치웠습니다. 뒤늦게 들어오는 선수들에게 박수를 보내던 관중도 자리를 떴습니다. 대회 운영진이 결승점

전광판을 끄려는 순간, 저멀리 어둠 속에서 하얀 점 하나가 나타났습니다. 그 점이 점점 커지면서 결승점을 향해 달려왔습니다. 가슴에 푸르메재단이라고 적힌 흰색 티셔츠가 보였습니다. 지선 씨였습니다. 저는 결승점 앞으로 달려가 태극기를 건네줬습니다. 그녀가 태극기를 흔들며 결승점에 들어서자, 자리를 떠나려던 사람들이 일제히 뜨겁게 박수를 보냈습니다. 정말 감동적인 순간이었습니다. 저는 지선 씨 어머니께 전화를 걸어 그녀가 일곱 시간 넘게 자신과 싸운 끝에 마라톤 완주를 했다고 전했습니다. 저도 울고 전화를 받은 어머니도 우셨습니다.

지금까지 많은 선수가 뉴욕마라톤대회를 완주했지만 그렇게 감동적인 골인은 없었을 겁니다. 7시간 22분이라는 엄청난(!) 기록 역시 유일할 거고요. 한참 숨을 고른 뒤 지선 씨는 왜 늦은 건지 설명했습니다.

출발해서 조금 달리자 피부 호흡을 할 수 없었던 그녀는 심장이 터질 듯 아팠습니다. 그때부터 뛰는 것을 포기하고 빠르게 걷기 시작했지요. 심장의 통증이 사라지자 이번에는 발바닥 통증으로 절뚝거리며 걸어야 했습니다. 그러다 통증이 허리까지 타고 올라오자 너무 고통스러워 주저앉아서 눈물을 흘렸다고 합니다. 그때 자신의 이름이 적힌 피켓을 들고 목이 터져라 응원하는 한 교민이 눈에 들어왔습니다. 자기 또래의 젊은 여성이었습니다. 일면식도 없는 누군가가, 모두가 떠난 그 자리를 홀로 지키며 자신을 응원하고 있다는 사실을 알게 되자 지선 씨의 다리에 다시 힘이 들어갔습니다. '포기하지 않고 응원하는 저 사람을 위해서라도 이대로 주저앉을 순 없다.'

처음에는 10킬로미터만 뛰고 지하철을 탈 계획이었습니다. 그런데 10킬로미터를 지났을 때 그만둘 정도로 힘들지는 않아서 15킬로미터까지 가볼까 생각했고, 그렇게 한 블록을 걷고 한 블록을 뛰다보니 그다음엔 어디서 그만둘지 모르게 되었다고 합니다. 그렇게 결국 레이스를 마칠 수 있었습니다. 처음부터 42.195킬로미터를 완주하겠다고 목표를 세운 게 아니라 갈 수 있는 데까지만 가보자는 생각이 그녀를 결승점까지 이끌었고, 완주 메달을 목에 걸게 했습니다.

"죽을 만큼 힘들었지만 포기하지 않고 한 발 한 발 달렸더니 마침내 결승점이 보이더라고요. 아마 인생도 마찬가지가 아닐까 싶어요." 담담하게 말하는 모습을 보면서 앞으로 어떤 일을 하든지 그녀는 결국 해내겠구나 하는 확신이 들었습니다. 이후 지선 씨는 미국의 대학에서 석사와 박사 과정을 밟으면서도 '기적의 손잡기'라는 캠페인도 벌였고, 방학 때면 귀국해 푸르메재단이 국내 유일의 어린이재활병원을 짓는 데 큰 도움을 줬습니다.

인생은 '동굴'이 아니라 '터널'

지선 씨는 미국 UCLA에서 발달장애를 주제로 박사학위를 받고 귀국한 뒤 한동대에 자리잡았습니다. 이때 푸르메재단이 지은 여주농장을 방문해, 여기서 일하는 발달장애인 청년들을 대상으로 설문조사와 인터뷰를 했습니다. 그리고 이를 토대로 사회적 농업에 종사하는 발달장애인들의 일자리 만족도에 대한 논문을 발표했습니다. 보통 발달장애인들은 급여와 복지 분야에서 만족도가 가장 낮다고 합니다. 하지만 푸르메 여주농장에서 일하는 청년들은 최저임금 이상의 급여, 네 시간 근무, 두 시간 특별활동 등을 이유로 일자리에 대한 만족도가 다른 일터보다 훨씬 높게 나왔습니다. 의사소통과 인간관계에 대한 만족도 역시 높은 점수를 받았지요.

2023년 3월, 그녀는 모교인 이화여대 사회복지학과로 자리를 옮겼습니다. 스물세 살 때 장애를 갖게 됐고 23년 동안 열심히 공부해 마흔여섯 살에 드디어 모교 교수가 된 것이지요. 그녀는 몹시 행복해했습니다. 이화여대 연구실에 초대를 받은 저는 첫 학기 소감을 물었습니다. 모교라서 느끼는 안정감이나 후배들을 만날 때의 기쁨 같은 얘기를 하지 않을까 예상했는데, 삶에 관한 철학적인 깨달음이 돌아왔습니다.

"저는 23년 전 그날의 사건 이후, 늘 '사고를 당했다'고 생각하고 이야기해왔습니다. 음주운전을 한 가해자가 낸 사고의 피해자라고요. 그런데 어느 순간부터 제가 더이상 사고의 피해자로 살아가선 안 된다는 걸 깨달았어요. 오랜 시간 동안 사고가 있었던 그 자리와 시간에서 벗어나지 못하고 운명이라고 비관해왔습니다. '이게 다 그놈 때문이야' 하고 원망하며 남은 삶을 마감할지 아니면 새롭게 만날 것들에 감사할지 결정해야 했습니다. 사고를 당하고 헤어지기까지 긴 시간이 걸렸지만 저는 이제 잘 헤어졌다고 생각합니다."

이 대답을 듣자 이지선 교수가 큰 깨달음을 얻은 스승처럼 느껴졌습니다. "인생은 동굴이 아니라 포기하지 않으면 출구가 보이는 터널"이라고 말하는 그녀의 새로운 도전이 계속되길 바랍니다. "사는 게 맛있다"고 말하는 그녀가 있어서 행복합니다.

05

한 편의 시처럼 마음을 위로하다

정호승 시인

"절망적으로 보이는 장애도
관점을 바꾸면 얼마든지
아름다울 수 있습니다"

날카로운 시선 아래 서정적인 감성

서가에서 오래된 책을 한 권 꺼내 들었습니다. 1982년 출간된 정호승 선생님의 두번째 시집 『서울의 예수』입니다. 누렇게 바랜 책표지를 들추니 안쪽에 '목마른 시절 1985년 5월 29일'이라고 과거 제가 쓴 메모가 보입니다. 힘든 고개를 넘던 시절, 정호승 선생님의 시를 통해 적지 않은 위안을 받았습니다. 날개에는 금테 안경을 쓰고 날카롭게 세상을 쏘아보는 청년 정호승이 있습니다. '서글서글한 눈매와 부드러운 말씨의 선생님이 이럴 때도 있었구나' 싶었습니다.

30대의 정호승을 보고 있자니 추리소설의 여왕 애거사 크리스티의 일화가 생각났습니다. 어린 시절 읽었던 크리스티의 소설책 앞 날개에는 검은색 정장을 입고 손으로 턱을 받친 오래된 사진이 실려 있었습니다. 젊거나 늙지도 않은, 웃거나 화내지도 않는 무심한 표정이었습니다. 1976년 크리스티가 86세로 타계했을 때 〈선데이타임스〉는 마흔 살 때 찍은 그 사진만을 사용해달라고 그녀가 부탁했다고 보도했습니다. 70대 정호승 선생님도 세상을 쏘아보는 듯한 모습의 30대 사진만을 고집했다면 어땠을까요. 아마 「수선화에게」와 「내가 사랑하는 사람」 같은 서정적인 시와는 잘 어울리지 않았을 듯합니다.

시집 『서울의 예수』에 들어 있는 시들은 시대 상황이 반영돼 어둡고 뾰족합니다. 시가 슬픔에 잠겨 있습니다. 젊은 날의 정호승 선생님이 그러했으리라 짐작해봅니다. 어둡고 뾰족하고 슬펐다고요.

정호승 선생님은 1979년 시집 『슬픔이 기쁨에게』를 출간한 이후 2025년 『편의점에서 잠깐』에 이르기까지 20여 권의 시집과 『참새』 『외로워도 외롭지 않다』 『산산조각』 『고통 없는 사랑은 없다』 등 20여 권의 동시와 동화, 우화, 산문집 등을 펴냈습니다. 이 책들에는 선생님의 삶, 그리고 우리의 삶이 담겨 있지요.

한국전쟁이 터진 해인 1950년 1월 경남 하동에서 태어난 정호승 선생님은 일찌감치 대구로 나왔습니다. 은행원이었던 아버지 덕분에 유복한 어린 시절을 보냈지만, 훗날 아버지가 사업에 실패하면서 식구들은 가난에 시달려야 했습니다. 집에선 닭을 키웠고 소년 정호승은 십 리가 넘는 길을 걸어 학교에 다녔습니다. 등록금을 늘 제때 내지 못했고, 고교 졸업 때는 졸업비가 없어 앨범도 못 받았다고 합니다. 가난은 그의 일상이었습니다.

그 시기 그를 위로해준 것이 문학입니다. 단칸방에서도 책을 놓지 않았습니다. 어렵게 경희대에 문예장학생으로 입학했지만 2학년 등록금을 낼 형편이 못 되자 자원입대했습니다. 1972년 야전공병단 복무중 응모한 동시 「석굴암을 오르는 영희」가 한국일보 신춘문예에 당선됐다는 소식을 들었습니다. 이듬해에는 대한일보 신춘문예에 시 「첨성대」가 당선됐습니다. 1982년에는 조선일보 신춘문예에 단편소설 「위령제」가 당선되기도 했지요. 그는 소설가라는 꿈을 품었지만, 당장 먹고살기 위해 숭실고등학교 국어교사를 시작으로 『샘터』와 『여성동아』 『월간조선』 기자로 15년 동안 직장 생활을 했습니다. 1991년에야 소설을 쓰고자 회사를 나왔는데, 직장인에서 전업 작가가 된다는 건 큰 모험이었습니다.

김소월과 정호승, 우리의 마음을 움직인 시인들

"누구에게나 소설은 포기할 수 없는 희망이다"라는 글귀를 어디선가 읽은 것 같습니다. 몇 년 전 뵈었을 때 선생님에게 혹시 올해 소설을 쓸 계획이 있는지 물었습니다. "젊은 시절에는 소설이 그렇게 쓰고 싶었습니다. 다니던 회사까지 그만두고 7년 동안 소설 쓰기에 몰두해봤지만 결국 실패했습니다. 인생의 중요한 시기인

40대를 허비했다고 생각했어요. 하지만 문학 장르는 다양하죠. 저에게는 소설이 맞지 않고 그보다 시적 기질이 있음을 깨닫게 됐어요. 소설에 대한 아쉬움은 산문집이나 우화소설 집필로 대신하고 있습니다."

어린 시절의 기억은 오래가는 것 같습니다. 주말이 되면 온 가족이 12인치 흑백 TV 앞에 둘러앉아 〈쇼쇼쇼〉와 〈가요무대〉를 시청했습니다. 노래가 끝날 때마다 가족들은 박수를 쳤습니다. 우수에 가득찬 표정으로 〈개여울〉을 부르던 정미조와 〈못 잊어〉의 패티김이 방송의 단골손님이었습니다. 그 노래들이 김소월의 시를 가사로 삼았다는 사실은 나중에 알게 됐습니다. 100여 년 전의 시가 사라지지 않고 여전히 우리 삶에 살아 있음에 놀라기도 하고 뭉클하기도 했습니다.

김소월은 「진달래꽃」 「못 잊어」 「초혼」 「개여울」 「엄마야 누나야」 「나는 세상 모르고 살았노라」 등 우리 정서에 와닿는 200여 수의 시를 남겼고 이중 상당수가 노래가 됐습니다. 그는 사랑하는 임, 기다림, 고향 등 누구나 쉽게 공감할 수 있는 민족적 정서를 시로 승화시켰습니다. 저는 소월과 가장 맞닿은 시인이 정호승이라고 생각합니다. 정호승 선생님의 시를 읽다보면 첫눈이 내리는 날 사랑하는 사람을 기다리게 되고, 눈물이 흐르고, 끝내 오지 않을 님을 그리며 꿈을 꾸게 됩니다. 100여 년 전의 김소월이 어느덧 정호승이 되어, 소월의 시가 호승의 시로 내려앉은 것 같습니다.

길거리를 걷다가 「우리가 어느 별에서」 「인생은 나에게 술 한 잔 사주지 않았다」를 노래로 들었습니다. 정호승 선생님께 당신 시가 노래로 불리는 것의 감회를 물었습니다.

"벌써 오래전 이야기네요. 가수 송창식 씨가 서정주 시인의 「푸르른 날」 구절이 좋아서 노래로 만들어야겠다고 결심하고 시인을 찾아갔다고 합니다. 거절하시면 어떡하나 걱정했는데 막상 서정주 선생이 '당신처럼 노래를 잘하는 가수가 내 시를 노래로 불러서 시가 더 유명해진다면 찬성한다'고 말해줘 기뻐했다고 하네요. 저의 시도 사랑받는 노래가 된다면 그거야말로 행복한 일이지요."

정호승 선생님의 시 「이별노래」는 1984년 노래하는 음유시인 이동원에 의해 큰 인기를 얻었습니다. 1997년에는 김광석이 「부치지 않은 편지」를 노래한 곡이 그의 사후 널리 퍼졌습니다. 신군부에 맞서 노래로 저항한 민중가수 안치환도 선생님의 시에 곡을 붙였습니다. 1993년 한 출판사가 독자들을 위한 캠프를 설악산에 마련했는데, 초대된 안치환 씨가 〈우리가 어느 별에서〉를 불렀습니다. 그의 노래에 정호승 선생님이 감동했고 이때부터 두 사람이 의기투합해 노래가 쏟아져나왔다고 합니다. 「봄길」 「강변역에서」 「나팔꽃」 「풍경 달다」 「고래를 위하여」 「희망을 만드는 사람」 등 90여 편의 시가 노래로 세상에 나온 배경입니다. "외로우니까 사람이다"라는 시구로 유명한 「수선화에게」는 방탄소년단BTS의 리더 RM이 즐겨 읽는다고 알려져 화제가 되기도 했습니다.

더이상 고쳐 쓸 여백이 없을 때까지

글쓰는 것이 직업인 작가, 기자, 학자 중에는 원고지 이삼십 매를 한 시간 안에 쓸 정도로 속필인 사람이 있습니다. 반면 원고지 한 매를 두고 며칠씩 고민하며 고쳐 써야 되는 사람도 있습니다. 비록 장르는 다르지만 작곡가 슈베르트는 영감이 떠오르면 미친듯이 써내려가 한순간에 곡을 완성했다고 합니다. 괴테의 시 「마왕」을 읽고 작곡하는 데는 한 시간이 채 걸리지 않았고, 〈들어라 종달새〉는 맥줏집에서 친구가 읽던 시집을 빼앗아 읽고는 그 자리에서 만든 가곡이라고 하네요. 슈베르트는 31년의 짧은 생 동안 약 600곡의 가곡을 남겼습니다. 반면 베토벤은 〈전원교향곡〉과 〈운명교향곡〉을 구상하고 완성하기까지 4년이 걸렸다고 합니다. 수정에 수정을 거듭하며 완성으로 나아가는 게 베토벤의 스타일이었습니다.

정호승 선생님은 어떨까요? "저는 보통 초고를 쓰면 30번 정도 다듬는 스타일입니다. 어떤 시는 10년 걸려 완성하기도 했습니다. 원고지에 고치다보면 더이상 고쳐 쓸 여백이 없기 때문에, 아예 A4 용지에 출력해서 작업하죠. 기회가 날 때마다 수정한 뒤 출력하고 수정한 뒤 출력하고를 반복합니다."

　박경리 선생님의 따님 김영주 여사의 인터뷰가 기억납니다. 잠을 자다가 한밤중에 깨어보면 어머니가 낮에 쓴 소설 원고를 고치고 계셨고, 자다 또 깨어나면 그때도 고치고 계셨다고 합니다. 원고지가 새까맣게 되도록 수정하는 모습이 지겨워서 자신은 '절대 소설가가 되지 말아야지' 결심했다고 했습니다. 글쓰는 일이 그만큼 어려운 작업이지요. 윤동주의 「쉽게 씌어진 시」처럼 정호승 선생님의 시도 쉽게 씌어진 줄 알았는데, 오랜 고통이 뒤따랐다는 걸 뒤늦게 알았습니다.

"우리 모두에게 시인의 마음이 있습니다"

　정호승 선생님에게 시는 무엇이냐고 물었습니다. "시를 써서 큰돈을 버는 것도 아니고 명예나 권력을 좇을 수도 없습니다. 돈을 벌려면 사업을 하고, 권력을 잡으려면 정치를 해야겠지요. 하지만 시는 사람들에게 위안을 줍니다. 그리고 시를 쓰다보면 저 스스로도 위안을 받습니다. 우리 모두에게 시인의 마음이 있습니다. 그 마음을 어린이처럼 진솔하게 표현하는 것이 중요합니다. 그게 바로 시입니다. 제가 쓴 시 「술 한잔」(『눈물이 나면 기차를 타라』, 창비, 1999, 39쪽) 중 '나는 몇 번이나 인생에게 술을 사주었으나 인생은 나를 위해 단 한 번도 술 한잔 사주지 않았다'라는 구절이 있습니다. 이 구절을 쓰면서 사랑하는 방법을 배웠다고 할까요. 인생이 때론 냉정하다못해 냉혹할지라도, 원망할 대상이 있다는 사실만으로 행복할 수 있음을 깨달았습니다. 만약 원망할 대상이 없다면 얼마나 답답하고 괴로울까요. 생각을 바꾸었더니 인생이 그동안 나에게 많은 술을 사준 셈이 된 거지요."

정호승 선생님은 부모님 살아생전 그분들의 아파트를 작업실로 삼았습니다. 매일 아침 부모님 댁으로 출근해 저녁이 되면 퇴근하곤 했습니다. 연로하신 부모님은 집으로 매일 출근하는 자식을 보고 좋아하셨다고 합니다. 당신 역시 글도 쓰고 부모님을 뵙는 일이 적지 않은 기쁨이었다고 하고요.

그러던 어느 날 아버지가 식탁에 놓인 나팔꽃씨를 태연하게 입에 털어넣으셨어요. 정호승 선생님이 화들짝 놀라자 "환약인 줄 알고 먹었다"며 환하게 웃으셨답니다. 그때 아버지가 한 송이 나팔꽃처럼 보였다고 합니다. "노인이 되면 장애인이 되는 셈이지요. 절망적으로 보이는 장애도 관점을 바꾸면 얼마든지 아름다울 수 있습니다." 노환으로 시력을 잃게 된 아버지와 이를 시로 쓴 아들의 이야기가 「나팔꽃」에 담겨 있습니다.

눈물바다가 된 시낭송회

푸르메재단 설립 초기에 '살아가면서 누구나 겪게 되는 힘든 순간의 이야기'를, '너무 고통스러웠지만 포기할 수 없었던 젊은 날의 추억'을 담은 책을 기획했습니다. 각계 인사들에게 부탁을 드렸는데 박완서 선생님을 비롯해 김혜자, 안성기, 장영희, 김창완, 엄홍길, 원택 스님, 홍세화 씨 등등 정말 많은 분이 소중한 원고를 보내주셨습니다. 이 원고들이 모여 2008년 『네가 있어 다행이야』라는 책이 세상에 나왔습니다. 이를 계기로 소중한 인연이 이어졌습니다. 엄홍길 대장은 푸르메재단 홍보대사, 원택 스님은 재단 이사, 그리고 정호승 선생님은 열혈 후원자가 되었습니다.

선생님은 재단행사에 빠짐없이 참가했습니다. 백두산으로 떠난 여행에는 발달장애 초등학생과 단짝이 되어 3박 4일 동안 함께 생활했습니다. 같은 내용을 거듭 물으면 아무리 상대가 꼬마라도 화가 날 법도 한데, 선생님은 웃으며 수십 번 아니 수백 번 대답해주셨습니다. 그 모습에 여행을 함께한 모든 사람이 감동받았습니다. 백두산 정상과 북한 병사가 보이는 판문점 앞에서 평화를 기원하며, 당신의 시를 낭독한 순간도 생생히 기억납니다.

2016년 '푸르메를 사랑한 작가 초대전'도 잊을 수 없는 기억입니다. 국내 최초의 푸르메재단 넥슨어린이재활병원의 개원행사로 박완서, 정호승, 이해인 선생님의 원고와 애장품 등을 전시했습니다. 푸르메재단에 책의 인세를 기부해주시고 아낌없이 애정을 전해주신 세 분을 기념하는 자리였습니다.

그때 정호승 선생님은 장애어린이를 둔 부모님을 위한 시낭송

회를 열어, 눈물바다를 만들기도 했습니다. 지금도 책이 필요하다고 말씀드리면 사무실에 오셔서 수북이 쌓인 당신의 시집에 정성스럽게 사인해주십니다. 선생님의 얼굴은 때론 나팔꽃처럼 때론 수선화처럼 환합니다. 가끔이라도 선생님을 뵐 수 있는 것은 인생의 큰 행운입니다.

06 '아낌없이 주는 나무' 같은 사람

강지원 변호사

"이것이 우리가 선택할 수 있는
최선입니까?"

누구나 인정할 만한 푸르메의 얼굴

"백 이사! 2만 원만 빌려주세요. 깜박 잊고 지갑을 다 비웠네요."

오래전 일입니다. 강지원 변호사님을 모시고 한 여성단체의 모금행사에 간 적이 있습니다. 강 변호사님은 오래전부터 여성재단 이사와 여성단체의 후원회장을 맡는 등 여성 인권 문제에 관심을 쏟았습니다. 행사가 끝날 무렵, 후원 봉투를 찾더니 지갑에 있는 돈을 탈탈 털어넣었습니다. 저는 속으로 '특별하게 여기시는 단체구나' 생각했습니다. 마침 월급이라도 찾아두었다면 모두 후원금으로 봉투에 넣을 기세였습니다. 그를 광화문역 앞까지 배웅하고 돌아서는데, 갑자기 저를 부르더니 2만 원을 빌려달라는 게 아닙니까. 한푼도 남김없이 후원금을 내버려 지하철역에서 집까지 갈 택시비가 없었던 것입니다. 이후 변호사님을 모시고 후원행사에 가는 날이면 늘 2만 원을 챙겼습니다. 그는 '아낌없이 주는 나무'처럼 도움이 필요한 곳에 당신의 모든 것을 내어주는 사람입니다.

푸르메재단 대표로 어느 분을 모실까 고민이 길었습니다. 어린이와 장애인에 대해 깊은 애정을 가지고 끝까지 함께해줄 분이 필요했습니다. '누구'라고 하면 '아~' 하고 모두가 인정할 수밖에 없는, 헌신적인 분 말입니다. 김성구 샘터사 사장님과 박원순 변호사, 이상기 기자협회장에게 의견을 물었더니 이구동성으로 강지원 변호사님을 추천했습니다. 당시 강 변호사님은 청소년보호위원회 초대위원장과 어린이청소년포럼 대표를 맡아 청소년 문제에 집중하고 있었습니다. 설득이 쉽지 않으리라 걱정하다가, 첫 만남에서 우리 가족 이야기부터 꺼냈습니다.

"1998년 영국으로 자동차 여행을 떠났다가 아내가 큰 교통사고를 당했습니다. 아내는 영국의 작은 병원에서 세 번의 수술을 받고 100일 동안 혼수상태로 지내다가 기적적으로 깨어났습니다. 두 명씩 하루 삼교대로 모두 여섯 명의 간호사가 최선을 다해 아내를 간호하는 모습은 정말 감동적이었습니다. 혼수상태인데도 주사를 놓을 때 '미세스 황! 아픈 주사라서 미안해요. 신장 기능이 작동하지 않아 위험하기 때문에, 이 주사를 맞으면 조금씩 좋아질 거예요'라고 친절하게 설명해주더군요. 매일 아내의 상태를 친절히 설명해주던 주치의, 한국인 여성이 병원에 입원했다는 소식을 듣고 가족들이 먹을 음식을 가져다준 칼라일 시민들, 매주 성당에 모여 아내의 생환을 기도해준 독일 가톨릭 교민들 모두가 큰 은혜를 베풀어주었습니다.

교통사고로 절단된 다리가 푸르메재단을 통해 다시 살아나 어린이들이 치료받는 병원으로, 그리고 장애인의 일터로 만들어질 것이라고 아내는 믿고 있습니다. 고마운 분들에게 은혜를 갚기 위해서라도 우리나라에 환자를 가족처럼 생각하는 친절한 병원이 생겨야 한다고 생각합니다. 이런 기적의 병원을 만들 수 있도록 변호사님이 도와주십시오."

제가 간곡히 말씀드리자 강 변호사님은 눈가가 축축해져서 대답했습니다. "우리 사회에 꼭 필요한 일이라면 제가 나서야지요. 저도 힘닿는 데까지 돕겠습니다. 단, 푸르메재단의 취지와 목표가 선명해야 하고 무엇보다 투명하게 운영해야 합니다." 그동안 많은 사람을 만났지만 이렇게 명확하고 흔쾌히 답을 준 분은 거의 처음이었습니다.

2000년을 기준으로 그해 태어난 어린이 43만 명 중 2만 명이 장애를 가졌습니다. 장애 출현율이 4.6퍼센트입니다. 당시 장애를 치료하는 어린이재활병원이 일본에 202개, 독일에 140개, 미국에 40개가 존재했지만 선진국 대열에 들어선 우리나라에는 부끄럽게도 단 하나도 없었습니다. 장애를 조기에 발견해 치료만 잘하면, 학교도 다니고 평범하게 살아갈 수 있는 꼬마들입니다. 그런데 제때 치료받을 기회를 놓쳐 평생 가족에 의지해서 살아가야 하는 경우가 대다수입니다. 의료보험 수가가 턱없이 낮아 이들이 치료받을 수 있는 어린이재활병원이 우리나라에 없다는 현실을 강 변호사님에게 설명드렸습니다.

그는 깜짝 놀라면서 "청소년 문제를 다루면서 시민의식이 얼마나 중요한지 절감했습니다. 그런데 정부도 외면하는 재활병원을 푸르메재단이 지을 방안이 있습니까?" 하고 물었습니다. 두 가지 가능성을 설명드렸습니다.

"최근 들어 대기업이 사회적 책임을 강조하고 있습니다. 사회공헌CSR 차원에서 시급한 사안인 어린이재활병원 건립에 동참하도록 기업에 호소하는 방법이 있습니다. 또하나, 가족이나 친척 중 장애인이 한 사람쯤 있을 정도로 시민들과도 밀접한 문제이니 시민운동 차원에서 모금 캠페인을 벌이고자 합니다."

제가 생각해도 설득력이 없어 보였지만 '긍정의 아이콘' 강지원 변호사님은 "뭐든 불가능은 없습니다. 시도해봅시다" 하고 오히려 저를 격려해주셨습니다.

작은 물방울이 모여 강물을 이루듯

2001년 연말, 다니던 회사를 그만두면서 재활병원을 세울 방안으로 두 가지 비장의 무기를 준비했습니다.

먼저 '자동차특허'였습니다. 주차장에 차를 세워두면 옆 차가 문을 열다 내 차에 '문콕'을 하기도 하고, 차문을 열다가 전봇대나 쌓아둔 물건에 부딪혀 흠집이 나기도 하지요. '만약 주차할 때 자동차 곁에 붙어 있는 도어 가드를 유압식 기어장치로 3~4센티미터 정도 튀어나오게 하면, 문콕으로 인한 사회적 비용을 줄일 수 있지 않을까' 하는 아이디어가 떠올랐습니다. 매년 수백만 대의 자동차를 생산하는 회사에서 이 특허기술(실용신안권)을 사준다면, 어린이재활병원을 짓고 연간 운영기금도 안정적으로 확보할 수 있겠다고 생각했습니다. 어렵게 특허를 냈지만 몇 년이 지나도록 자동차 회사로부터 연락은 오지 않고, 특허 유지비와 실험비 청구서만 쌓여갔습니다. 그러던 어느 날 제가 낸 것과 유사한 특허를 자동차회사에서 방어용으로 출원했다는 사실을 발견하고 깜짝 놀랐습니다. 자동차회사 입장에서는 자동차를 흠집 없이 오래 사용하는 것보다 자동차가 손상돼 빨리 교체하길 바란다는 걸 깨달았죠. 이렇게 특허 건은 완전 실패작으로 끝났습니다.

두번째로 야심 차게 준비한 것이 맥주회사 설립과 주식 상장이었습니다. 2002년 월드컵을 계기로 우리나라에서도 맛이 균일한 대규모 공장 생산 맥주 대신 양조사의 손맛에서 우러나는 소규모 맥주, 즉 하우스 맥주의 생산이 가능해졌습니다. 원래 맥주를 좋아했던 저는 맥주의 본고장 독일 뮌헨에서 2년 동안 살면서『유럽 맥주 여행』을 쓸 정도로 맥주 마니아였습니다. 마침 뮌헨공대에 양조학을 공부하러온 후배 방호권을 만나게 돼, 맥주회사를 창업해 재활병원 설립의 종잣돈을 마련하기로 결심했습니다. 그렇게 2002년 2월 '영혼에 감동을 주는 맥주'를 만들겠다는 포부를 가지고 '옥토버훼스트'를 설립했습니다. 친구와 지인 등 59명이 투자해 세운 회사였죠. 회사가 성장해 상장하게 되면, 제가 가진 지분 11퍼센트만으로도 재활병원을 지을 수 있겠다고 희망을 가졌습니다. 하지만 2007년부터 불어닥친 국제 금융위기와 국내 경기침체로 옥토버훼스트 경영이 점점 어려워지면서 이마저 불가능해졌습니다. 그래서 강 변호사님에게 말씀드린 것처럼 뜻을 같이하는 시민과 기업의 참여를 통한 재활병원 건립을 모색하게 된 것이지요.

이후 강 변호사님을 찾아뵙고 재단의 크고 작은 현안을 의논드렸습니다. 서초역 근처에 위치한 사무실로 갈 때도 있었지만, 항상 바삐 움직이는 분이라 주로 그의 승합차에서 만났습니다. 차 안에는 양복과 와이셔츠가 여러 벌 준비되어 있었고, 방송 원고와 법률 서류가 산더미처럼 쌓여 있었습니다. 그렇게 바쁜 와중에 짬짬이라도 힘이 되어주고자 노력한 것이었습니다.

2004년 8월 17일 한국프레스센터에서 푸르메재단 발기인대회가 열렸습니다. 이사장에 취임한 김성수 대한성공회 주교님은 상

기된 표정으로 "작은 물방울이 모여 강물을 이루고 조그만 벽돌이
모여 거대한 성채를 이루듯, 아름다운 재활전문병원을 건립할 때
까지 앞만 보고 뚜벅뚜벅 걸어갑시다" 하고 당부했습니다. 임시의
장이었던 강지원 변호사님은 "장애어린이가 재활치료를 받는 것은
무엇보다 중요하고 우리 사회에 희망을 주는 일입니다"라고 강조
했습니다. 그렇게 푸르메재단은 어린이재활전문병원 건립이라는
목표를 향해 출항했습니다.

솔선수범하는 강강약약 리더

김성수 주교님에 이어 푸르메재단 2대 이사장으로 취임한 강

지원 변호사님은 병원 건립에 대한 강한 의지를 보였습니다. "백 이사! 잠자리에 눕다가 생각이 났는데 ○○기업이 요즘 사회공헌사업을 고민하고 있대요. 아이디어를 만들어보세요." "○○은행 행장이 새로 바뀌었는데 장애인 지원 사업에 대한 관심이 많다고 해요. 우선 작은 사업부터 제안해봅시다." 늦은 밤이든 새벽이든 아이디어가 떠오르면 전화가 걸려왔습니다. 평소에는 바빠서 재단 일을 잊고 있다가, 조용한 시간이 되면 인생의 과업처럼 푸르메재단이 떠오르나 싶었습니다. 열정으로 똘똘 뭉친 그 모습을 보면서 '푸르메가 꿈꾸는 것을 실현할 수 있겠다'고 확신하게 됐습니다.

서울 시내에서 바자회를 할 때도 강 변호사님은 가장 먼저 도착해 앞치마를 두르고 콩나물과 치약을 팔았습니다. 초등학생들이 저금통을 모아 기부해줄 때도 직접 행사에 참석해 아이들에게 진심으로 고마움을 표했습니다. 강 변호사님은 그렇게 누구보다 헌신적으로 시민들에게 후원을 요청했습니다.

재단을 세우고 재활전문병원 건립을 위해 첫걸음을 뗐을 무렵, 마포의 작은 장애인단체의 후원행사에 갔다가 거의 누운 채 전동휠체어를 타는 뇌성마비 중증장애인을 만났습니다. 그는 다가오더니 작은 목소리로 "푸르메재단에서 오셨지요. 이가 아파요. 먹고 싶어요"라고 했습니다. 저는 "치과에 가시면 되지 않습니까? 왜 안 가세요?" 하고 물었습니다. 그는 고개를 계속 가로저었습니다.

며칠이 지나도 "이가 아파요. 먹고 싶어요" 하는 목소리가 머릿속에서 사라지지 않았습니다. '치과 치료가 어려운 걸까?' 싶어 광화문 새문안교회부터 종로3가까지 길 양쪽에 위치한 30여 개의 치과를 차례로 방문했습니다. 아내가 휠체어를 타는 중증장애인인데 치료받을 수 있는지 문의했습니다. 휠체어로 접근 가능한 치과 자체가 많지 않았지만, 모든 치과가 하나같이 장애인은 진료하지 않는다고 고개를 저었습니다. 장애인은 구강 상태가 심각하게 나빠 치료가 힘들고, 임플란트와 틀니 등의 비용을 감당할 수 없을 것이라 했습니다. 장애인이 유닛체어에 옮겨 앉으려면 여러 사람이 도와야 해서 치료 시간이 길어져 다른 환자들이 싫어한다는 이유도 들었습니다.

그 말을 듣자 어린이재활치료도 시급하지만, 이가 아파 먹지 못하는 문제가 더 심각하다는 생각이 들었습니다. 이에 재단은 첫 사업인 푸르메센터 안에 어린이재활의원과 장애인치과, 종로장애인복지관을 설립한다는 청사진을 그렸습니다. 뜻을 같이하는 시민 삼천 명이 기금을 모아준 덕에 기적처럼 2012년 7월 종로구 부지에 푸르메센터가 준공됐습니다. 푸르메재단은 지체하지 않고 종로구청에 기부채납을 했습니다. 25개 자치구 중 유일하게 장애인복지관이 없었던 종로구는 숙원 사업이 해결되자 이에 화답해, 푸르메센터에서 발생하는 적자의 일부를 지원하겠다고 약속했습니다.

그런데 며칠 후 갑자기 재단을 지원할 법적 근거가 없다며 입장을 바꿨습니다. 이사회의 반대에도 불구하고 100억 원 가까이 들여 건물을 지어 종로구에 기부채납했고, 종로구민과 장애인을 상대로 의료지원 사업도 계획중이었는데 참 난감한 일이었습니다. 소식을 듣고 강 변호사님과 구청을 찾아갔습니다. 변호사님은 구청장실에 앉자마자 "당신들! 정말 이럴 거야~ 왜 약속을 안 지켜!" 하며 호통쳤습니다. 그의 서슬 퍼런 결기에 놀란 구청측은 결국 계획대로 지원을 약속했습니다. 강지원 변호사님은 힘없는 서민들에게 누구보다 친절했지만 권력 앞에서는 사자처럼 포효하는 분입니다.

지혜의 절반은 인내로부터 나온다

재단 초기 일본의 장애인복지시설을 견학하기 위해 고베에 있는 종합복지타운 '행복촌'을 방문했습니다. 김성수 주교님과 강지원 변호사님을 모시고 떠난 첫 해외연수였습니다. 우리가 방문한 행복촌은 고베 시장이 노르웨이를 방문한 뒤 10년 동안 준비해 1989년 완공한 장애인종합복지타운이었습니다. 규모만 해도 여의도 사분의 삼 정도 면적(62만 평)에, 4천억 원이라는 어마어마한 금액을 투자했다고 합니다. 재활병원과 요양병원을 비롯해 장애인작업장, 공동주택, 직업훈련소까지 장애인들이 일하며 살아갈 수 있는 모든 시설이 이곳에 들어서 있었습니다. 어렵게 두 분을 모시고

갔지만 오전 9시부터 밤 9시까지 장애인시설을 탐방하는 강행군에 죄송한 마음도 들었습니다. 하지만 선진국 복지시설을 하나라도 더 보고 배워야 한다는 의욕이 앞섰지요.

그런데 제가 실수를 저질렀습니다. 각각 따로 방을 드렸어야 하는데, 세상 경험이 부족했던 저는 두 분을 한 방에 모시는 게 도리라고 생각했습니다. 작은 방에서 함께 생활하고, 화장실까지 같이 사용하려면 고역이었을 텐데 강 변호사님은 주교님의 손발이 돼 성심껏 모셨습니다. 그 모습이 참 대단해 보였습니다. 변호사님에 따르면 이른 아침부터 시작된 견학을 마치고 호텔로 돌아오면 당신은 파김치가 되어 쓰러졌는데, 주교님은 몸을 깨끗이 씻은 뒤 미사를 집전하듯 오랜 시간 기도하셨다고 합니다. 그렇게 철저하게 생활하는 주교님의 모습을 보면서 변호사님도 더 열심히 살아야겠다고 마음을 다잡았다고 합니다. 인생에서 무엇보다도 참을 줄 아는 태도가 중요하다는 걸, 지혜의 절반은 인내로부터 나온다는 걸 두 분께 배웠습니다.

진정성의 힘

강 변호사님으로부터 귀에 못이 박히게 들은 말이 있습니다. 하나는 조선시대부터 내려온 학연과 지연을 하루빨리 청산해야 한다는 것이었습니다. 안 그러면 이로 인한 병폐로 한국 사회가 망할 것이라고 하셨습니다. 다른 하나는 선진적인 기부문화가 확대되려면 전근대적인 상조문화가 없어져야 한다는 것이었습니다. 그러려면 결국 자식과 핏줄에 대한 애착을 끊어야 한다고 강조하셨죠.

명문 경기중, 경기고와 서울대를 졸업했지만 학교와 동문 이야 기가 나오면 "같은 학교를 나왔다는 이유만으로 얼굴도 모르는 사 람끼리 서로 밀어주고 끌어주는 풍토가 우리나라를 망쳤다"고 성 토하곤 했습니다. 실제로 변호사님은 부모상과 딸 결혼식을 누구 에게도 알리지 않았습니다. 부인 김영란 전 국민권익위원장님도 부친상을 당하고 해외출장 일정을 모두 소화한 사실이 알려져 화제 가 되었는데 그야말로 부창부수라는 생각이 듭니다.

검사 시절 대부분의 검사가 공안과나 특수과를 희망했지만 강 변호사님은 탈선 청소년을 선도하는 서울보호관찰소장과 청소년 보호위원장을 자진해 맡았습니다. 조직에 충성하는 검사가 아니 라, 말 그대로 시민과 사회적인 약자에게 충성하는 검사이자 공무 원이었습니다.

1989년 소년범을 관리하는 서울보호관찰소 소장이 된 강 변호 사님은 우리나라에서 처음으로 '비행청소년보호관찰제도'를 실시 하고 수강명령, 사회봉사명령도 처음으로 집행했습니다. 비행청소 년을 처벌하기보다 심리적·정서적으로 이해하고 치유하는 데 중점 을 둬야, 이들이 우리 사회에서 건강한 시민으로 살아갈 수 있다고 믿었기 때문입니다. 강 변호사는 저에게 가끔 당신 경험을 이야기했습니다.

"어떻게 하면 비행청소년들에게 좋은 자극을 줄 수 있을까 고민하다, 직원들과 함께 중증장애인시설을 정기적으로 찾아가 봉사활동을 하도록 했어요. 몸도 가누기 힘든 또래 장애청년들을 보고 아이들이 처음에는 주저했어요. 그렇지만 조금씩 익숙해지자 장애청년들을 위해 성심껏 음식을 먹이고 가족처럼 목욕 봉사를 하더라고요. 자신들이 얼마나 많은 것을 가졌는지를 깨닫자 변화가 찾아왔어요. 지금이라도 우리 사회가 이들에게 관심을 보인다면 탈선하는 친구들이 훨씬 줄어들 겁니다."

강 변호사님은 국무총리 산하 청소년보호위원회 초대위원장에 발탁되기도 했는데, 서울보호관찰소장으로 탈선청소년들의 재범률을 줄이는 데 많은 기여를 했으니 가장 적합한 인사라는 평가를 받았습니다.

강 변호사님의 가장 큰 장점은 진정성입니다. 그 진정성은 아무런 대가 없이 도움이 필요한 사람에게 손을 내미는 데서 드러납니다. 변호사님이 가끔 푸르메재단으로 출근하면 다양한 사람들이 사무실을 찾아왔습니다. 대부분 사기와 가정폭력 등으로 피해를 봤지만 법에 호소할 방법이 없는 사람들이었습니다. 변호사님은 한 시간이고 두 시간이고 그들의 이야기를 경청하면서 이들 마음속에 맺힌 분노와 응어리를 모두 풀어준 뒤, 실현 가능한 해결책을 제시했습니다. 마치 마음을 다해 환자의 이야기를 들어주는 정신과 의사 같았습니다.

열정과 최선

한 지상파 방송국에서 사회 저명인사 몇 사람을 선정해 여러 장르의 춤을 배우게 한 뒤 공연을 하는 설 특집 프로그램을 제작한 적이 있습니다. 강지원 변호사님은 거기서 왈츠를 추게 됐습니다. 저 같으면 고개를 설레설레 저었을 텐데, 이번 기회에 몸치에서 탈출해보겠노라고 정말 열심히 춤을 배우고 연습했습니다. 결국 멋지게 춤 솜씨를 발휘하는 그의 모습을 텔레비전으로 보면서 그 끼와 열정이 참 아름답다고 생각했습니다.

되돌아보니 강지원 변호사님과 함께한 시간이 20년이 넘었습니다. 재단 문제를 상의드릴 때마다 변호사님은 제게 이렇게 묻습니다.

"백 이사! 이게 우리가 선택할 수 있는 최선입니까?"

이 질문을 받을 때마다 '정말 내가 최선의 선택을 했나' 가슴이 뜨끔합니다. 가끔 변호사님은 푸르메재단의 영원한 박수부대로 남고 싶다고 말씀하십니다. 우리 사회에 큰 그늘을 만들어주는 어른이 박수부대로 계시니 얼마나 큰 축복인지요.

2부 우리 모두가 기적입니다

푸르메재단은 장애어린이를 내 가족처럼 치료하는 재활전문병원의 건립을 중요한 사명으로 여겼습니다. 1만 명의 시민과 넥슨 등 500개의 기업이 함께 힘을 모아 그 기적을 이룰 수 있었습니다.

고 김정주 넥슨 대표님은 "어린이재활병원은 우리 장애어린이들이 미래를 준비하는 행복한 곳"이라며 국내 유일의 어린이재활병원 건립의 초석을 놓아주었습니다. 가수 션 씨는 매년 20회 이상 마라톤을 완주하며 발톱이 여러 개 빠지는 고통을 겪으면서도, 기부금을 모으고 어린이재활병원의 필요성을 알리는 데 헌신했습니다. 이해인 수녀님은 시집 『민들레의 영토』 인세와 용돈을 모아 어린이재활병원의 주춧돌을 마련해줬고, 장애인 가족의 눈물을 닦아주었습니다. 평생을 서울시 공무원으로 검소하게 살아온 권오록 할아버님은 당신의 모든 것을 아낌없이 내어준, 우리 사회의 큰 어른이었습니다. 청렴 판사 조무제 대법관님은 장애인을 위한 푸르메치과에 큰 기금을 후원하여 많은 장애인이 치료받을 수 있는 기적을 만들어주었습니다. 중증장애를 가진 아들에 대한 사랑을 어머니와 이웃에 대한 감사 편지로 승화시킨 박점식 회장님은 이제는 나눔의 전도사가 됐습니다. 소액주주운동을 이끌어온 김주영 변호사님은 특수학교 건립 소송 사건을 계기로 장애인 권익운동에 뛰어들어 푸르메재단과 밀알재단 등 장애인 관련 단체에 법률지원을 책임지고 있습니다.

장애어린이의 눈물 닦아준 따뜻한 기업가

고 김정주 넥슨 대표

"이곳은 우리 아이들의 미래를
준비하는 곳입니다"

하나의 인연이 또다른 인연으로

김정주 NXC(넥슨 지주회사, 이하 넥슨) 대표와 인연은 사무실로 걸려온 전화 한 통에서 시작됐습니다. "넥슨 대표님이 우리 재단을 방문하고 싶으시대요." 외부 미팅을 마치고 사무실에 들어섰는데 한 직원이 달려와 소식을 전했습니다. "넥센이라면 타이어회사 아닌가요. 타이어회사에서 무슨 일일까요?" '넥센'이 아니라 '게임회사 넥슨'이라는 직원의 설명을 듣자 '아, 그 넥슨!' 싶었습니다. 딸애가 초등학교 시절 즐겨 했던 〈메이플스토리〉라는 게임의 제작사라는 것이 떠올랐습니다.

얼마 후 김정주 대표가 재단을 찾아왔습니다. 검은 양복을 입은 권위적인 모습의 중년 남성을 예상했는데, 청바지를 입고 운동화를 신은 환하게 웃는 청년이 등장했습니다. 부인 유정현 감사와 함께였습니다.

"제가 몇 달 전 병원에 입원했었는데요, 거기서 신문 읽는 것이 주요 일과였습니다. 어느 날 기사를 읽다가 깜짝 놀랐습니다. 저와 함께 일했던 이철재 씨가 푸르메재단에 통 큰 기부를 했더군요. 우리도 장애어린이를 위해 무언가를 하고 싶어 찾아왔습니다."

미국에서 교통사고를 당해 중증장애인이 됐지만 포기하지 않고 버클리대에서 신경과학을 전공한 후 벤처 사업가로 성공한 이철재 대표와 인연이 있다고 했습니다. 이철재 대표가 쾌척한 10억 원으로 어린이재활의원의 의료기기를 사고 싶던 차에 찾아온 인연이었습니다.

어린이재활병원 설립이 어려운 이유

2016년 푸르메재단이 짓기 전까지 우리나라에는 어린이재활병원이 없었습니다. 성인병원도 신촌 세브란스재활병원과 서울재활병원이 유일했습니다. 다른 병원처럼 환자들이 입원해 MRI나 CT 등 검진을 거쳐 수술을 받지 못하고 진료(의사)와 치료(치료사)만을 할 수 있기 때문에 성인재활병원들의 적자가 큰 상황도 어린이재활병원 건립의 장애물이었습니다. 성인 틈에서 치료를 받는 장애어린이도 있긴 했으나, 자폐장애인과 지적장애인의 경우는 그마저도 어려웠습니다.

성인장애인보다 장애어린이의 상황이 훨씬 열악했습니다. 재활치료가 필요한 30만 명의 어린이 중 실제로 입원했거나 외래치료 경험이 있는 어린이는 1만 9000여 명으로, 6.7퍼센트에 불과했습니다. 어린이가 재활치료를 받으려면 길게는 2년을 기다려야 겨우 입원이 가능한 실태. 중요한 시기에 재활치료를 받지 못한 경우, 장애가 고착되거나 중복장애가 나타나 커서도 자립하기 어렵고, 평생 남에게 의지해 살아갈 수밖에 없기 때문에 문제였습니다.

그럼 왜 정부에서 지원하는 서울대병원과 대기업이 지은 삼성 및 아산병원에도 어린이재활병원이 없을까요? 이유는 간단합니다. 적자 때문입니다. 어린이재활치료의 경우 의료수가가 낮을뿐더러, 어린이는 성인과 달리 일대일로 치료를 진행해야 하기 때문에 치료사가 훨씬 더 많이 필요합니다. 치료사가 아무리 열심히 일해도 그가 올리는 수익은 자신의 급여에도 미치지 못하고요. 더불어 의사나 간호사, 행정 인력 등 많은 인건비가 고스란히 병원의 적자로 이어질 수밖에 없습니다. 그러니 병원 입장에서는 대규모 적자가 예상되는 장애어린이의 치료를 꺼릴 뿐 아니라, 전문병원 건립은 엄두도 못 내는 거지요.

정부가 어린이재활치료에 대해 특별한 수가를 적용하거나 특별회계를 통해 지원해주는 결단을 내릴 수 없을까요? 그럼 어린이재활치료가 활성화되고 어린이재활병원이 세워질 수도 있을 텐데요. 하지만 정부는 난색을 표하고 있습니다. 국민건강보험료를 상 승시켜 국민 부담으로 이어지고, 결국 정부 여당의 지지율이 떨어 질 수 있다는 이유로요. 그래서 푸르메재단이 나서기로 했습니다. 재단의 설립 목적이 장애어린이의 재활과 장애청년의 자립이기 때 문입니다. 무엇보다 어린이재활치료는 시급한 문제이고, 우리 사 회가 머리를 맞대고 꼭 풀어야 할 사회적인 과제라고 생각했습니 다. 물론 적지 않은 적자가 매년 나겠지만, 뜻을 같이하는 시민과 기업에게 후원을 받고 병원 의료진도 최선을 다해 운영하면 가능할 거라고 확신했습니다.

푸르메어린이재활병원의 마지막 퍼즐

어린이 치료기관은 어린이들이 쉽게 찾아올 수 있는 위치여야 했습니다. 그런데 교통이 편한 곳은 땅값이 문제였습니다. 재단에 서 어렵게 기금을 모아도 땅값은 계속 빠르게 치솟았습니다.

2010년 종로구청이 소유한 청와대 입구, 효자동 네거리 땅에 지하공영주차장을 세운다는 소식이 전해졌습니다. 현재 푸르메재 단과 장애인복지관 등이 들어선 자하문로 89번지 푸르메센터 자리 입니다. 불현듯 '지하에 공영주차장이 들어선다면 지상에는 우리 가 원하는 시설을 지을 수 있지 않을까?' 하는 생각이 떠올랐습니 다. 그때까지 서울 시내 25개 자치구 중 장애인복지관이 없는 곳은 종로구뿐이었습니다. 푸르메재단이 건물을 지어 종로구에 기부채납한 뒤, 우리가 원하는 장애인치료시설과 종로구의 숙원 사업인 복지관을 함께 설치하자고 제안한다면 거절당할 이유가 없을 듯했습니다. 실제로 종로구는 민관이 협력하는 좋은 사례라며 두 손 들고 환영했습니다.

사업은 일사천리로 진행됐습니다. 인테리어 공사가 거의 끝나고 의료기기만 갖추면 됐는데 자금이 부족해 고민하던 그때, 김정주 대표가 찾아온 것입니다. "장애어린이의 삶을 변화시키는 데 넥슨도 동참하고 싶습니다. 우선 적은 금액이지만 이철재 씨처럼 10억 원을 기부하고 싶습니다. 단순히 기부하는 것에 그치지 않고 임직원들이 지속적으로 봉사활동을 하겠습니다."

넥슨도 장애어린이를 돕고 싶다는 말에 김 대표의 손을 덥석 잡았습니다. 대화를 나눌수록 옷차림처럼 소박한, 그러면서도 마음이 따뜻한 사람이었습니다. 처음 만난 사이였지만 헤어질 무렵엔 오래 알고 지낸 친구처럼 느껴졌습니다.

유정현 감사와 넥슨 임직원들은 약속대로 매주 찾아와 봉사활동을 했습니다. 그들이 차가운 벽에 어린이가 좋아하는 캐릭터를 그려넣고 따뜻한 색깔의 벽지를 붙이자, 치료실에 따뜻한 온기가 흘렀습니다. 천장에 알록달록한 열기구 모형을 매달고 대기실에 미끄럼틀과 기차놀이 세트를 설치하자, 시무룩하게 앉아서 순

서를 기다리던 아이들이 놀이터에 온 것처럼 뛰놀았습니다. 그렇게 2012년 완공된 푸르메센터에 어린이재활의원과 민간 최초의 장애인치과, 종로장애인복지관 등 장애인을 위한 시설이 들어섰습니다. 우리나라 최초의 장애인 의료복지센터였습니다.

사람이나 조직이나 가장 빛나는 별의 순간이 있습니다. 푸르메재단에게 별의 순간은 어린이재활의원에서 치료받던 꼬마가 기적처럼 첫걸음마를 뗐던 때인 듯합니다. 치료를 잘한다는 소문이 나자 청주와 강릉 등 전국에서 장애어린이가 찾아오기 시작했습니다.

평양만두와 배려의 공간

푸르메센터가 자리잡으면서 아내에게 이철재, 김정주 두 분께 고마움을 표현할 방법을 물었습니다. 고민 끝에 '만두는 어떨까' 하는 생각이 떠올랐습니다. 고향이 평안도인 부모님의 영향으로 우리 부부는 겨울철이 되면 곧잘 만두를 빚곤 했습니다. 잘 다진 김치를 두부, 숙주, 곱게 간 돼지고기와 버무려 만두소를 만든 후 먹음직한 평양만두를 밤새도록 빚었습니다. 택배로 두 분에게 보내자 곧 맛있게 먹었다는 연락이 왔습니다. 어느 날 김정주 대표 가족이 제주도에 가는데 시간이 남는다길래, 김포공항에서 멀지 않은 우리집으로 초대했습니다. 이날 메뉴도 평안도 만두였습니다.

얼마 뒤 이번에는 김 대표 부부가 우리 부부를 제주도 집으로 초대했습니다. 비행기에서 바라본 제주의 5월은 눈부시게 아름다웠습니다. 영국 왕 헨리 8세의 아내였던 왕비 앤 불린이 누명을 쓰고 단두대의 이슬로 사라지기 전 마지막으로 "아, 5월이군요!"라고 말했답니다. 그만큼 5월을 특별한 달로 여긴 것이 아닐까요. 정말 5월이 특별해서인지, 아니면 제주라서였는지 모르겠지만, 제주의 5월은 산과 하늘, 꽃이 모두 빛났습니다.

제주 시내에 위치한 넥슨 지주회사도 방문했는데 깜짝 놀랐습니다. 보통 회사와 달랐기 때문입니다. 건물의 한 면을 없앤 대신 다리로 연결한 외형부터 범상치 않았습니다. 사무실에는 책상은 없고 테이블만 놓여 있었습니다. 직원들의 창의성을 높이기 위해 고정 좌석을 치웠다고 합니다. 직원들은 카페에서처럼 매일 원하는 자리를 옮겨다니며 일한다고 했습니다. 한창 일할 시간인데 휴게실에서 낮잠을 자거나 그네를 타며 대화를 나누는 직원들도 눈에 띄었습니다. 자유로움이 IT 기업의 특징이었지만 늘 정해진 틀 안에서 생활해온 제가 보기에 '회사가 이래도 되나?' 하는 걱정과 신기함이 교차했습니다.

저녁에 김 대표 집을 방문했습니다. 중산간 지역의 예쁜 벽돌집이었습니다. 현관에 들어서자 거실까지 철제경사로가 설치되어 있었습니다. 휠체어를 타는 아내를 위해 유정현 감사가 배려해준 것이었습니다. 식사를 마친 후 그동안 간직해왔던 속마음을 털어놓았습니다.

"두 분 덕분에 푸르메센터가 세워져 어린이들이 치료받고 있습니다. 목을 가누지 못했던 꼬마가 목을 가누게 되고, 말하지 못했던 꼬마가 엄마를 부르고, 걷지 못했던 꼬마가 걷는 기적이 일어나고 있습니다. 하지만 규모도 작고 집중적으로 입원치료를 할 수 없어서, 많은 꼬마들이 순서를 기다리고 있습니다. 아이들이 입원할 수 있는 큰 병원이 세워져 집중치료를 받으면 좋겠다는 부모님들도 많고요. 신체장애뿐 아니라 발달장애를 아우르는 통합형 어린이재활병원이 설립된다면, 어린이재활치료에 새로운 장을 열 수 있습니다. 넥슨에서 그 기적을 만들어주십시오." 말을 이어가는 제 목소리가 가늘게 떨렸습니다.

"병원 부지는 지자체를 설득해 좋은 곳을 확보할 수 있습니다. 푸르메재단이 건립비의 절반을 책임지겠습니다. 넥슨이 나머지 200억 원을 기부해주십시오." 큰 모험이 아닐 수 없었습니다. 갑자기 거금 200억 원을 기부해달라는 제안에 두 분은 적잖이 놀란 눈치였습니다. 유정현 감사가 "생각할 시간을 주셨으면 합니다" 하고 대답했습니다.

이철재 대표와의 좋은 인연으로 큰 기부를 했고, 제주도 집에도 초대해준 분들에게 엄청나게 큰 보따리를 내놓으라는 격이었습니다. 아무리 대기업이라도 쉽지 않은 결단이었습니다. 당황하는 빛이 역력한 부부의 얼굴을 보고 '내가 너무 섣불렀구나!' 후회했지만 이미 엎어진 물이었습니다. 다음날 우리 부부는 서귀포에서 하루를 더 묵고 서울로 올라왔습니다.

희망의 문을 열다

그러고 몇 달의 시간이 흘렀습니다. 제주도를 방문했던 기억이 흐릿해질 무렵 전화가 걸려왔습니다. 김정주 대표였습니다. "푸르메의 제안을 받아들이겠습니다. 어떻게 병원을 짓고 운영할지 구체적인 계획서를 보내주십시오." 행복의 문이 하나 닫히면 다른 문이 열린다고 하더니 우리나라 유일의 통합형 재활병원을 지을 수 있는 또하나의 문이 열린 것 같았습니다.

일이 잘 풀리려고 그랬는지 희망적인 연락이 또 왔습니다. "마포구 상암동에 병원 건립이 가능한 사회복지시설용지가 나왔는데 구입하겠느냐"는 연락이었습니다. 평당 870만 원, 1000평 규모였습니다. 재단이 가진 자금을 모두 투자해 푸르메센터를 세운 터라 여윳돈이 있을 리 만무했습니다. 하지만 기업 한 곳에서 그 땅에 관심을 보이고 있기에 서둘러야 했습니다. 상암동을 찾아 부지를 살펴봤습니다. 이튿날 다시 찾아가 땅 위에 앉아보고 걸어보기도 했습니다. 한강을 낀 위치라 서울 전역에서 쉽게 접근할 수 있고 김포와 부천, 고양, 파주에 인접한 사통오달 입지였습니다. 결코 놓쳐서는 안 될 땅이었습니다.

'누가 이 땅을 사줄 수 있을까.' 마포구에 우선매입권이 있다길래 바로 달려가 구청장을 만났습니다. 마침 마포구청장은 근로복지공단 이사장을 역임한 박홍섭 씨였습니다. 어린이재활병원의 필요성을 설명하자 박 구청장님은 공감했습니다. "저는 군사 독재 시절 탄압에 맞서 노동운동을 한 사람입니다. 아내도 오랫동안 여성 인권운동을 했고요. 누구보다 어린이와 장애인 등 사회적 약자에 대한 관심이 많습니다." 희망이 보이기 시작했습니다.

"시민과 기업, 지자체, 비영리기관이 함께 짓는 제3섹터 방식입니다. 마포구가 나서준다면 한국 기부문화의 새로운 모델이 될 수 있습니다." 열심히 듣기만 하던 박 구청장님이 드디어 말문을 열었습니다. "일부 구민이 반대하겠지만 의미 있는 사업이라 여겨집니다. 그런데 푸르메재단에서 400억 원의 병원 건립비를 마련할 수 있습니까?" 다행히 준비된 답변이 있었습니다. "넥슨에서 200억 원을 약속했습니다. 나머지는 시민과 손잡고 최선을 다해 모금하겠습니다."

그 후 1년 반 동안 시민 1만 명과 500개 기업이 캠페인에 동참했습니다. 계획보다 많은 230억 원이 모인 결과, 총 430억 원의 병원 건립비가 마련됐습니다. 불치병으로 아이를 떠나보낸 부모님이 보험회사에서 받은 보상금을 기부해줬고, 초등학교 선생님과 학생들은 바자회 성금과 용돈을 보내줬습니다. 홍보대사 가수 션 씨는 1년에 스무 번도 넘게 마라톤을 완주해 크라우드펀딩으로 약 37억 원을 모았습니다. 날마다 기적이 일어났습니다.

우리 아이들의 미래를 준비하는 곳

2016년 4월 28일, 드디어 마포구 상암동에서 병원 문을 열었습니다. 재활의학과, 정신건강의학과, 소아과 그리고 소아치과 등 4개 진료과와 91명의 입원실을 갖춘 국내 최초의 어린이통합재활병원입니다.

김정주 대표 부부에게 감사를 표하고자 병원 이름을 '푸르메재단 넥슨어린이재활병원'으로 지었습니다. 푸르메재단 넥슨어린이재활병원의 건립은 정부가 권역별어린이재활병원 건립에 동참하는 계기가 되었습니다. 이를 시작으로 김정주 대표와 넥슨은 전국에 어린이재활병원 건립에 나서며, 대전과 창원의 권역별 공공어린이재활병원에 각각 100억 원씩을, 목포에는 50억 원을 기부하여 병원 건립을 지원했습니다. 또한 서울대학교병원 넥슨어린이통합케어센터에도 100억 원을 기부하여, 아픈 아이들에게 희망과 치유의 공간을 선물했습니다. 매년 30억 원의 적자를 예상했던 넥슨어린이재활병원이 코로나가 심했던 두 해 동안 50억 원 넘게 적자를 냈음에도 김정주 대표는 말없이 지원해줬습니다.

이후 병원 건립 5주년 기념식에 참석한 김 대표는 인사말에서 "어린이재활병원은 어린이뿐 아니라 우리 모두를 행복하게 하는 모델입니다. 이곳은 어린이를 치료하는 병원이 아니라 우리 아이들의 미래를 준비하는 곳입니다" 하고 강조했습니다.

병원 강당 입구에 그의 얼굴을 동판에 새겨넣은 '김정주홀' 제막식이 열렸습니다. 오랜 기간 아들을 믿고 기다려준 김 대표의 부모님을 모신 자리여서인지 그는 더 행복해 보였습니다. 그는 "사업한다는 핑계로 외국을 떠돌며 부모님을 제대로 찾아뵙지 못했는데 오늘 10년치 효도를 한 것 같습니다" 하고 소감을 밝혔습니다. 어머니는 아들의 손을 꼭 쥐고 계셨습니다. 피아노를 전공한 어머니와 전문가 수준으로 바이올린을 연주하는 김 대표가 내년에 꼭 여기서 합동연주회를 갖자며 웃었습니다.

그런데 안타깝게 코로나가 한창이던 2022년 2월 미국 하와이에서 비보가 날아들었습니다. 누구보다 겸손하고 어린이를 따뜻하게 안아줬던 사람이었는데 눈물이 멈추지 않았습니다.

세월이 지나도 잊히지 않고 향기나는 만남이 있습니다. 김정주 대표와의 인연이 그렇습니다. 그와 함께 지은 푸르메재단 넥슨어린이재활병원에는 지금도 매일 전국에서 찾아온 500명의 어린이가 열심히 치료받고 있습니다. 그 모습을 그가 웃으며 내려다보고 있을 것 같습니다.

김정주 홀

08 기적을 향해 달리다

가수 션과 배우 정혜영 부부

"당신 뒤에 장애어린이
30만 명이 있으니
더 열심히 달려"

밤낮없이 울리는 벨소리

아침 6시가 되면 어김없이 휴대전화가 울렸습니다.

"백 이사님! 오늘 이영표 선수와 이성미 선배님, 송은이 씨와 지선이(이지선 교수)를 만나는데 하루에 1만 원씩 1년 동안 기부하는 '만 원의 기적' 캠페인을 제안하려고 합니다. 처음에는 네 사람으로 시작하겠지만 앞으로 백 명, 천 명, 만 명으로 확대되면 우리가 꿈꾸는 어린이재활병원을 지을 수 있지 않겠어요?"

밤 11시가 넘으면 또다시 전화가 걸려왔습니다.

"지금까지 열다섯 명을 모았습니다. 만 원의 기적에 함께해주시는 분들의 인증샷을 SNS에 올려 참여를 독려하려고 합니다."

푸르메재단 홍보대사 가수 션 씨였습니다. 잊을 만하면 전화벨이 울렸고, 그때마다 그는 열정적으로 자신의 계획을 설명했습니다. 며칠 뒤 마침 만날 기회가 있어 한마디했습니다.

"선 씨, 병원 건립을 위해 누구보다 헌신적으로 일해줘서 고마워요. 그런데 선 씨는 잠도 없나요? 이른 새벽이나 한밤중에만 전화하는 이유가 있습니까?"

그는 미안해하면서 "그때가 네 아이가 잠자는 시간이라서 여유 있게 통화를 할 수 있습니다"라고 설명했습니다.

'아, 그랬구나!' 올망졸망한 아이 넷을 키우려면 고양이 손이라도 빌려야 했을 것입니다. 다른 사람에게 도움을 받지 않고 부인 정혜영 씨와 둘이서 온전히 네 아이를 돌보는 상황이니 이해가 됐습니다. 연예인으로, 또 네 아이의 부모로 살아가기가 어디 쉽겠습니까. 금쪽같은 시간을 쪼개 푸르메재단을 위해 애쓰는 그가 너무 고마워 눈물이 났습니다. 제겐 정말 너무나도 고마운 은인입니다. 이른 새벽 전화를 받고 나면 푸르메재단에서 꼬박꼬박 월급을 받는 제가 과연 그보다 더 최선을 다하고 있는 건지 반성했습니다.

선한 영향력의 기적

선 씨를 만난 건 이지선 씨를 통해서였습니다. 2005년 푸르메재단이 설립된 후 첫 홍보대사로 위촉된 지선 씨는 아쉽게도 그해 말 미국으로 유학을 떠나게 됐습니다. 출국 준비로 바쁜 그녀를 만나 엄포를 놓았습니다. "지선 씨보다 더 열심히 푸르메재단을 위해

일해줄 사람을 찾지 못하면 유학 못 갑니다." 그 말에 그녀가 부랴
부랴 가수 션 씨를 추천해줬습니다. "션 오빠는 푸르메재단을 위해
몸이 부서질 정도로 뛰어다닐 사람이에요"라는 평과 함께였습니다.

어렵게 연락이 닿아 션 씨를 만났습니다. 이태원의 작은 카페에
서였습니다. 약속 시간이 되자 청바지 차림에 야구모자를 눌러쓴
한 청년이 들어왔습니다. 사실 그때까지 가수 션에 대해 잘 몰랐습
니다. 다른 연예인도 잘 모르지만 지누션이 인기일 때 우리 가족이
한국에 없었기 때문입니다. 그를 만나러 왔지만 솔직히 그의 대표
곡도 잘 모르는 상황이었습니다.

그가 자리에 앉자 푸르메재단을 간단히 설명한 뒤 어린이재활
병원을 세우는 데 힘이 되어달라고 부탁했습니다. 지선 씨의 청으
로 이 자리까지 나왔으니 당연히 수락할 거라고 기대했습니다. 하
지만 그는 단칼에 거절했습니다. 이미 세 곳의 단체에서 홍보대사
를 맡고 있어 버겁다는 이유였습니다. "푸르메재단 홍보대사까지
맡으면 기존 단체 일에 소홀해질 수밖에 없습니다." 저도 물러설 수
없었습니다. 그래서 헤어지는 길에 한 가지 제안을 했습니다. 다른
곳에서 홍보대사를 그만두면 그때는 꼭 푸르메재단의 홍보대사가
되어달라고 말입니다. 그제야 흔쾌히 그러겠다는 대답이 돌아왔습
니다.

그로부터 몇 달이 흐른 어느 날, 션 씨에게 전화가 왔습니다. 세

곳 중 한 곳의 홍보대사를 그만두게 되었다며 이제 푸르메재단의 홍보대사를 맡겠다고 했습니다. 처음 만난 자리에서 올곧은 이유로 거절하는 그의 모습을 보고 '이 사람이라면 열심히 일하겠구나' 기대하긴 했지만, 바빠 사느라 잊고 지냈던 터라 더 반가운 마음이었습니다.

그런데 조건이 하나 있다고 했습니다. 단순히 기념사진만 찍는 홍보대사가 아니라 자신이 캠페인을 만들면 푸르메재단에서 물심양면으로 도와주어야 한다고 했습니다. 불감청이언정 고소원이라고 바라던 바였습니다. 이어서 자신의 계획을 얘기했습니다. "어린이재활병원을 짓는 데 땅값을 제외하고 400억 원이 필요하다고 들었습니다. 하루에 1만 원씩, 1년 동안 365만 원을 기부하는 사람이 1만 명 모이면 병원을 세울 수 있지 않습니까?"

마음속으로 '기부를 받는 일이 그렇게 쉬운가, 모금이 그렇게 쉽다면 세상에 못 할 일이 어디 있겠어?' 하고 생각했습니다. 그런데 이튿날 새벽부터 전화가 왔습니다. 하루 1만 원씩 365일 기부하는 '만 원의 기적' 캠페인을 시작했다고요. 이성미, 송은이, 이영표, 이지선 같은 분들이 첫 참가자였습니다. 이렇게 시작된 '만 원의 기적' 캠페인은 그의 헌신적인 노력에 힘입어 박찬호, 빅뱅, 2NE1, 거미, 차인표 같은 유명인들의 참여로 이어졌고, 얼마 지나지 않아 회원이 600명으로 늘었습니다. 매일 1만 원을 기부하기 어렵다면

매일 1천 원씩, 1년 동안 36만 원을 기부하는 '천 원의 기적' 캠페인
도 시작해 2350명이 동참하는 기적이 일어났습니다. 모두 그의 선
한 영향력 덕분이었습니다.

따끈따끈한 1억 원짜리 수표

한번은 이른 아침 션 씨가 사무실을 찾아왔습니다. 그의 손에
는 은행에서 갓 찾아온 따끈따끈한 1억 원짜리 수표가 들려 있었습
니다. "지난해부터 마라톤뿐 아니라 철인3종경기에도 출전했어요.
매일 아침 30킬로미터씩 연습했는데 그때 마음속으로 '1킬로미터
를 달릴 때마다 1만 원씩 기부하자'고 결심했어요. 1만 킬로미터 목
표를 달성해서 1억 원을 기부하러 왔습니다."

어린이재활병원 건립을 위해 그는 국내 마라톤대회란 대회는
모두 참가했습니다. 처음에는 10킬로미터를 달린 뒤 자신감이 붙
자 하프코스와 풀코스에 도전했고, 철인3종경기에도 나갔습니다.
아이들이 자는 새벽이나 한밤중에 연습했다고 합니다.

마라톤대회 한 달 전, 그는 페이스북과 트위터 등 SNS에 푸르
메재단이 짓는 어린이재활병원의 취지를 알리고 3만 원씩 기부해
달라고 호소했습니다. 그러자 금방 365명의 기부자가 모였습니다.
정혜영 씨는 마라톤대회 전날, 기부자 365명의 이름을 남편의 유
니폼에 적어넣었습니다. 그렇게 그는 365명의 기부자와 함께 마라

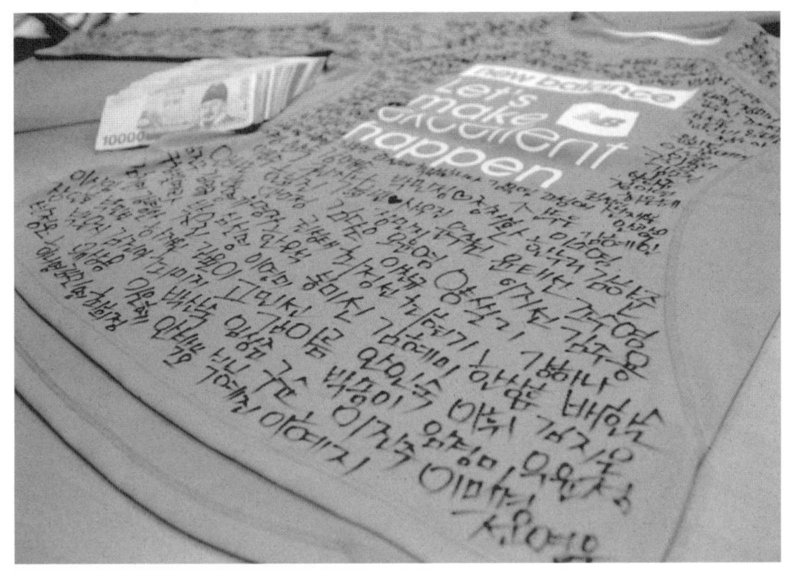

톤대회에 나갔습니다. 그래서 중도 포기할 수가 없었고, 쉬지 않고 달려 완주를 했습니다. 그 과정에서 발톱이 세 개나 빠졌다는데 정혜영 씨는 '그러다가 몸 상한다고, 우리 자식들을 생각해 그만 달리라'고 야단치는 게 아니라 "당신 뒤에 장애어린이 30만 명이 있으니 어린이재활병원을 짓기 위해 더 열심히 달려"라고 채찍질했다고 합니다. 사실 정혜영 씨도 잡지 모델료로 받은 돈을 모두 재단에 기부해주었답니다.

마라톤 기부는 션 씨만 한 게 아니었습니다. 난치병을 가진 박은총 군과 그의 아버지 박지훈 씨도 자전거 국토 종주에 도전하고 철인3종경기에 참가하는 등 큰 힘을 보태줬습니다. '도대체 이 사람들은 뭐지?' 싶었습니다. 철인의 모습을 한 성자 같았습니다.

한 사람의 힘이 얼마나 위대한지, 같은 뜻을 가진 부부가 세상을 어떻게 바꿀 수 있는지 두 사람을 보며 실감했습니다. 훌륭한 사람의 뒤에는 반드시 더 훌륭한 부인이 있다는 사실도 알게 됐습니다. 남편이 아무리 좋은 일을 하려 해도 부인이 그에 동의하고 격려하지 않았다면 불가능했을 것입니다. 이들 부부가 푸르메재단을 위해 모금한 기금은 약 37억 원에 이릅니다. 부부가 기부한 금액도 6억 원이 넘습니다. 반짝 하고 좋은 일을 할 수는 있겠지만, 한결같은 마음으로 끝까지 하기는 힘듭니다. 그런데 션 씨는 푸르메재단을 위해 지금까지 20년째 뛰어주고 있습니다.

든든한 푸르메재단의 홍보대사

몇 년 전 정부와 공공기관에서 유명 연예인을 홍보대사로 위촉한 뒤 이들에게 활동비로 수억 원을 지원했다는 사실이 밝혀져 논란이 되었습니다. 기획재정부는 홍보대사로 위촉한 가수에게 2년간 5억 7000만 원을 지급했다고 합니다. 입이 떡 벌어질 일이었습니다. 세금으로 연예인들에게 부적절한 '모델료'를 과도하게 지급했다는 비난을 피하기 어려웠습니다. 모델이 아니라 홍보대사인건데, 받은 사람도 문제지만 세금으로 거리낌없이 활동비를 지불했다는 사실이 기가 막혔습니다. 우리 같은 비영리재단에서는 상상도 못 할 일이었습니다.

　우리 재단에는 션 씨과 이지선 교수, 산악인 엄홍길 대장, 홍보 전문가 서경덕 교수를 비롯해 축구선수 김민재 씨와 야구선수 이정후 씨 등 여덟 명의 홍보대사가 있습니다. 이들은 재단행사 때 차비도 받지 않고 자기 시간과 열정, 그리고 기금까지 아낌없이 내놓습니다. 엄홍길 대장은 가끔 장애어린이와 청소년을 이끌고 국내외로 여행을 떠납니다. 발달장애어린이와 백두산 여행을 갔을 때는 두 어린이가 다리가 아프다고 하자, 한 꼬마는 목마를 태우고 다른 친구는 등에 업고 수백 개의 계단을 올랐습니다. 드디어 백두산 천지에 이르자 엄 대장과 두 아이는 부둥켜안고 감동의 눈물을 흘렸습니다. 홍보전문가 서경덕 교수는 장애인 가족과 상해임시정부 유적지를 답사하는 역사탐방 행사를 하고, 이지선 교수는 대중 강연과 교회 간증을 통해 장애어린이의 치료와 장애청년의 일자리가 가지는 중요성을 호소합니다. 온 정성을 다해 활동하는 홍보대사들이 자랑스럽습니다. 비영리기관을 위해 뛰고 있는 모든 홍보대사들에게 감사의 마음을 전합니다.

세상을 헤쳐나가는 힘

이해인 수녀

“남이 원하는 것을
내가 먼저 하는 마음이
필요합니다”

『샘터』가 맺어준 인연

2004년 월간 『샘터』에 글을 하나 썼습니다. 제목은 「미치지 않고 무엇을 하겠는가」였습니다. 제가 직장을 박차고 나와 소규모 양조 맥주를 생산하는 옥토버훼스트를 세운 이야기였습니다. 멀쩡하게 기자일 잘하다가 퇴사해 맥주를 만들어 팔겠다는 제 결심을 듣고, 오랫동안 포목점을 하셨던 아버지는 "사업하기가 얼마나 어려운 줄 아느냐. 경기도 안 좋은데 사업이 말처럼 쉽지 않다……" 하며 물가에 내놓은 아이를 보듯 혀를 끌끌 차셨습니다. 10여 년간 글 쓰는 일을 해온 제가 갑자기 돈을 벌겠다고 사표를 내자 아내도 너무 큰 모험이라며 걱정했습니다. 심봉사를 남겨두고 인당수로 뛰어드는 심청이처럼 아내의 얼굴에 수심이 가득했습니다.

제가 갑자기 사업을 하겠다고 결심한 이유는 작은 병원을 하나 짓고 싶었기 때문입니다. 우리 부부는 각자 직장 생활을 하다 1996년 독일 뮌헨대학으로 2년 동안 유학을 떠났습니다. 그러다가 귀국 직전 영국으로 자동차 여행을 떠났다가 아내가 큰 교통사고를 당했습니다. 영국과 독일에서 1년 반 동안 병원 생활을 한 뒤 돌아오자, 우리나라의 의료 현실이 얼마나 열악한지를 뼈저리게 깨달았습니다. 선진국의 의료 시스템을 배우고자 유럽 병원에 유학하고, 연수 견학을 한 사람도 물론 많았지요. 하지만 우리 부부처럼 환자와 보호자 입장에서 영국과 독일 병원의 의료진을 만나고 병원 시스템을 경험한 사람은 적을 것입니다. 영국에서는 의료진의 친절에 감동했고, 독일에서는 환자의 사생활을 존중하는 합리적인 의료 시스템을 목격했습니다. 환자를 내 가족처럼 여기는 아름답고 작은 병원을 우리나라에 지어보자는 꿈을 품게 돼 그 이야기를 『샘터』에 실었습니다.

글이 소개되고 얼마 지나지 않아 두 사람에게 편지를 받았습니다. 한 사람은 퇴근길 버스에서 감명 깊게 읽었다며 만나고 싶다고 했습니다. 삼성 직원이었던 유영인 씨였습니다. 그는 "그동안 『샘터』를 정기구독해왔는데 쓰신 글의 제목부터 제 눈길을 끌었습니다…… 작은 일에 고민하며 아웅다웅 살던 저를 돌아보는 좋은 계기가 되었습니다"로 시작하는 이메일을 보내왔습니다.

다른 사람은 고참 몰래 병영 화장실에 숨어 글을 읽었다는, 특전사 소속의 최성환 일병이었습니다. "내가 가야 할 길은 어디인가? 어떤 사람이 되길 원하는가? 그동안 틈틈이 스스로 물어오던 질문이 떠올랐습니다. 마음속에서 키워오던 꿈이 다른 분의 삶에서 이어져오고 있음을 알게 돼 너무 기뻤습니다. 우리나라에도 환자 중심의 인간적인 재활전문병원을 만들고 싶다는 글을 읽으면서 마치 제 꿈이 이루어지는 것 같은 벅찬 감동을 느꼈습니다……"

두 사람과 편지를 주고받으면서 환자 중심의 병원을 지어야 한다는 결심은 더 단단해졌습니다. 이듬해인 2005년, 푸르메재단이 설립되자 유영인 씨는 동료 직원들과 재단행사에 참여했고 이를 계기로 푸르메 봉사단장이 돼 맹활약했습니다. 군 제대 후 대학을 졸업한 최성환 씨는 푸르메재단에 입사해 열정적으로 일한 뒤 미국으로 유학을 떠났습니다.

『샘터』의 광팬이었던 영인 씨는 2011년 산문집 『꽃이 지고 나면 잎이 보이듯이』를 출간한 이해인 수녀님의 강연회를 푸르메재단과 샘터가 함께 개최하면 좋겠다고 제안했습니다. 김성구 샘터 사장님의 적극적인 지원 속에서 강연회는 성황리에 개최되었습니다. 이해인 수녀님은 오랫동안 암 투병을 하며 겪은 고통과 사랑, 희망, 용기에 대한 이야기를 담담하게 간증했습니다. 그리고 이 행사를 계기로 푸르메재단의 후원자가 되었습니다. 수녀님이 서울에 올라올 때면 저는 만사 제쳐놓고 영인 씨와 함께 만나러 갔습니다.

주로 올리베따노 성베네딕도수녀회의 서울 분원 후암동 '가톨릭 만남의 집'으로 찾아갔지요. 수녀님이 가끔 재단 사무실에 오시기도 했고요. 법정 스님의 편지를 액자로 만들어 재단에 선물해준 기억도 납니다.

양 갈래 머리 소녀가 백발이 되기까지

2024년 11월, 그간 살아오신 이야기를 듣고자 이해인 수녀님이 있는 성베네딕도수녀회를 찾았습니다. 수녀회는 부산 광안리 바닷가가 내려다보이는 아름다운 언덕 위에 위치해 있었습니다. 고등학교를 졸업하고 1964년 입회하셨으니 이해가 60주년을 맞은 뜻깊은 해였습니다.

그 자리에서 수녀님의 본명도 알게 되었습니다. "제 이름은 명숙입니다. 밝을 명明, 맑을 숙淑. 제 성격과 많이 닮았지요. 성베네딕도수녀회에 입회하면서 클라우디아라는 세례명을 받았습니다. 매일 바라볼 수 있는 광안리 바다海가 있고 사람들에게 친절仁한 것이 중요하다고 생각해 해인을 필명으로 정했습니다. 해인이란 이름으로 천주교 잡지『소년』에 원고를 보내고, 시집『민들레의 영토』를 출간하면서 자연스럽게 그렇게 불리게 됐지요."

그 무렵 중학교 단짝이었던 가수 박인희 씨(본명 박춘호朴春湖)와 수녀님이 35년 만에 만났다는 이야기가 큰 화제가 됐습니다. 그 이야기를 꺼내자 정색을 하시더군요. "너무 속상해요. '수녀 이해인' 하면 모두 백발의 할머니로 기억하는데, '가수 박인희' 하면 검은 생머리에 청바지를 입은 날씬한 30대 통기타 가수를 연상합니다. 우리가 해방둥이 80세가 된 중학교 동창이라고 하면 모두 깜짝 놀라지요. 인희에 비해 제가 늘 손해보는 느낌입니다."

속상하다고 푸념을 하면서도 수녀님의 표정은 밝았습니다. 세월의 흐름을 어떻게 비껴가겠습니까. 자세히 보면 산 넘고 강 건너며 겪어온 80년 풍상이 두 사람의 얼굴에 새겨져 있습니다.

두 사람은 풍문여중 단짝이었다고 합니다. 양 갈래 머리의 두 소녀는 매일 아침 서로의 책상 서랍에 편지를 넣었고, 중간에 잠시 연락이 끊기긴 했어도 그 우정이 70년 가까이 이어지고 있습니다. 35년 만에 귀국 콘서트를 가진 박인희 씨는 조선일보와의 인터뷰 (2016. 11. 30, 「박인희 "암투병 몰랐네, 바보같이……" 이해인 "내 장례식에 올 뻔했어, 하하」)에서 "해인이는 예쁘고 명랑해서 인기가 많았다. 우리가 서로 말이라도 나누면 질투하던 아이들이 어찌나 많던지"라고 회고하기도 했습니다.

수녀님에게 학창 시절 인기의 비결을 물었습니다. "제가 도도할 정도로 새침하고 공부를 잘해서 친구들이 좋아했던 것 같아요. 동네 골목길에서 저를 지켜보는 남학생들도 있었습니다. 그때는 꽤 인기가 좋았지요."

문학적 재능도 인기 비결 중 하나였을까요. "어릴 때부터 책을 좋아했어요. 그러다 중학교 문예반 지도교사였던 임영무 선생님께 인정을 받으면서 자신감이 생겼어요. 풍문여중 문예반에 인물이 많았습니다. 2년 선배 최순강은 〈대머리 총각〉으로 유명한 가수 김상희 씨예요. 지금도 탤런트로 활약하는 반효정 씨(본명 반민희)도, 연극인 손숙 씨도 선배였고요." 그러고 보니 노벨문학상 수상자인 한강 작가도 풍문여고 출신이니 '문학이 풍성하다'라는 학교명의 영향일까 싶기도 합니다.

그렇게 단짝이던 두 사람이 어떤 이유로 갑자기 헤어지게 됐을까요. "2학년 때 집안 사정으로 제가 갑자기 부산 동래여중으로 전학 가게 됐어요. 그렇게 경북 지방에서 김천성의여고를 졸업한 뒤 수녀원에 입회하게 됐고요. 인희는 저의 수도 생활을 방해하지 않으려고 편지를 쓰지 않았다고 해요. 인희가 1981년 돌연 연예계를 은퇴하고 미국으로 이민 가면서 자연스럽게 연락이 끊겼습니다."

박인희 씨는 가수로 활동하면서 절친을 그리며 〈젊은 날의 우리들〉이라는 노래를 지었습니다. 시 낭송곡 〈얼굴〉과 시 「친구를 위한 기도」도 친구 해인을 위해 썼습니다. 태평양을 사이에 두고 연락이 끊긴 두 사람은 2016년 수녀님의 『민들레의 영토』 출간 40주년 행사와 박인희 씨의 컴백 콘서트 시기가 맞으면서 35년 만에 해후했습니다.

수녀님이 걸어온 길

1964년 부산 광안리 바닷가가 내려다보이는 성베네딕도수녀회. 이곳에 고등학교를 갓 졸업한 앳된 여성이 입회했습니다. 그녀는 매일 밤늦게까지 시를 썼습니다. 시간이 지나자 메마른 대지를 뚫고 새싹이 올라왔습니다. 기다리던 비가 내리자 시들이 노란 꽃을 피웠습니다.

이해인 수녀님이었습니다. 1976년 그녀가 쓴 백여 편의 시를 모은 시집 『민들레의 영토』가 출간됐습니다. 같은 해 그녀는 종신서원을 했지요. 이 글을 쓰던 2024년, 시집이 세상에 나온 지 48년이 되었고, 그녀는 수도원 입회 60주년을 맞았습니다.

이해인 수녀님은 인천 출신 아버지와 강원도 양구가 고향인 어머니 사이의 1남 3녀 중 셋째로 태어났습니다. 아버지는 인텔리였습니다. 금융조합 간부로 재직했던 아버지는 한국전쟁이 터지자, 서울 청파동 집에서 경기도 양주에 위치한 동생네로 식량을 구하러 간다고 나가셨다가 행방불명됐습니다. 북한군에 납치된 것입니다. 가족들은 그날을 9·28 수복 직전인 1950년 9월 17일로 기억하고 있습니다.

아버지의 부재는 가족에게 생존의 위협을 의미했어요. 더욱이 이때는 전쟁중이었으니까요. 다섯 살 이해인은 온 가족이 작은 방에 모여 앉아 꽁보리밥을 먹던 궁핍했던 피난 생활을 기억합니다. 하지만 아버지의 부재와 경제적인 어려움은 정신적으로 성숙할 기회가 되기도 했습니다. 손에 잡히는 대로 책을 읽으며 생각의 그릇을 키워갔습니다. 전쟁을 겪으면서 드리워진 어둠과 죽음을 통해 생명과 삶의 소중함을 깨달았습니다. 그 모든 것이 그녀의 글로 승화되지 않았나 생각합니다.

그녀의 집안에는 글쓰는 사람들이 많았습니다. 할아버지는 제물포고 교사로 틈틈이 글을 썼고, 아버지는 1930년대 「돌산령」이란 단편소설로 주요 일간지를 통해 등단했습니다. 오빠는 '친구는 옛친구, 맥주는 OB', 성당 미사주인 '마주앙' 등의 네이밍으로 유명한 우리나라 1세대 카피라이터 이인구 씨죠. 시조시인 이태극 씨가 이모부, 문학평론가 이숭원 씨가 이종사촌동생입니다.

그런데 왜 작가가 아닌 수녀가 되었을까요. 이해인 수녀님은 가톨릭 환경에서 자랐습니다. "성당을 열심히 다니셨던 어머니에 이끌려 저는 유아세례를 받았습니다. 제가 초등학생 때 숙명여대에 다니던 열세 살 위 언니가 갑자기 갈멜봉쇄수녀원에 입회했습니다. 적지 않은 충격이었지요. 수녀원에 들어간 언니와 신앙에 관한 편지를 주고받으며, 저도 조금씩 수도자의 길로 들어서게 됐습니다."

아름다운 인연들

이해인 수녀님은 여전히 많은 독자로부터 편지를 받는다고 합니다. "꼬마들이 '산타클로스'에게 편지를 보내듯, 주소도 쓰지 않고 '민들레의 영토 수녀원 앞'이라고 해서 제게 편지를 보냅니다. 참 고맙지요. 어른들은 제 시를 읽은 소감이나 안부인사를 보내는 경우가 많은데 몸이 아픈 분께 편지가 오면 안타깝습니다. 오래전 사형수 한 분께서 교도소에서 예수님의 그림을 잘라 붙이고 직접 글을 쓴 화보집과 밥풀로 만든 십자가를 보내주셨어요. 그뒤 세상을 떠나셨다는 소식을 듣고 그분을 위해 기도하곤 합니다."

수녀원 생활을 하면서 어려운 점은 없는지도 물었습니다. "갑자기 손님이 찾아오셨을 때 가장 난감합니다. 제가 다른 일정이 있거나 친절하게 응대할 수 없는 경우가 많지요. 그러면 '만남이 소중하다'고 시를 쓰면서 왜 박대하느냐, 섭섭하다고 말씀하세요. 심지어 돈을 꾸어달라는 사람도 있었어요. 제가 수녀라는 사실을 이해하지 못한 것 같습니다. 어려운 순간이 많았지만 다행히 잘 극복해온 것에 감사하고 있습니다."

이런저런 사람들을 만났지만 그래도 아름다운 인연이 대부분입니다. 종교를 뛰어넘는 우정이라고 할까요. 이해인 수녀님과 법정 스님의 교류가 한때 화제가 됐습니다. "법정 스님의 글을 좋아하던 친구 수녀님이 저에게 법정 스님 주소를 주면서, 시집 『민들레의 영토』를 보내드리면 어떻겠느냐고 제안했어요. 편지와 시집을 송광사 불일암으로 보낸 것이 인연의 시작이었습니다. 법정 스님은 수도 생활의 어려움, 절대자에 가까워지는 방법, 본질적인 고독에 대해 편지를 주셨어요. 스님께서는 수도자의 고독은 단절이 아니라 결국 자기 스스로 돌아볼 수 있는 좋은 기회라고 말씀하셨어요. 스님이 돌아가셔서 너무 허전하고 아쉽습니다. 살아 계셨다면 수행자로서, 때로는 문학적 도반으로서 좋은 가르침을 받을 수 있었을 텐데 말입니다."

오래전 소설가 박완서 선생님은 아들을 잃었을 때 수녀님을 찾아왔다고 합니다. "제가 있는 수녀원이 고향 같다고 찾아오셨어요. 수녀원 끝방에 머물며 바닷가를 산책하셨던 모습이 눈에 선합니다.” 박완서 선생님은 「언덕방은 내 방」이라는 글을 통해 하나뿐인 아들을 잃었을 때의 고통과 이해인 수녀님에 대한 고마움을 표현하기도 했습니다. 그 글에서 박완서 선생님은 생애 가장 고통스러웠던 1988년 가을, 그때 자신만 당하는 고통이 억울해서도 미칠 것 같았지만 자신을 동정하고 자신에게 잘해주려는 사람들 때문에도 견딜 수가 없었다고 고백합니다. 마침 그때 이해인 수녀님이 '수녀원에 쉴 만한 방이 있으니 언제든 오라'고 해서 수녀원 언덕방 손님으로 지내면서 홀로서기에 성공할 수 있었다고 밝힙니다. 언제든 거기 갈 수 있고, 또 가기를 꿈꿀 수 있다는 사실만으로도 참 복도 많다 싶었다고요.

작은 위로 방

수녀님에게 건강 상태가 어떤지 묻자 “이전 같지는 않지만 일상생활을 하는 데 큰 지장은 없습니다” 하는 간결한 대답이 돌아왔습니다. 수녀님의 어머니는 2007년 아흔다섯 살에 돌아가셨습니다. 아버지가 납북되고 57년 동안 삯바느질로 사 남매를 키우신 분이지요. 큰 산 같은 존재였던 어머니가 돌아가신 충격 때문일까요. 어머니가 떠나고 이듬해 수녀님은 직장암 3기 판정을 받았습니다. 큰 수술과 수십 차례의 항암 치료가 이어졌습니다. 하지만 투혼을 발휘해 끝내 암을 이겨냈습니다. 최근에는 무릎 인공관절수술도

무사히 받았고, 대상포진과 통풍의 고통도 잘 견뎌냈습니다. 육신의 고통이 밀물처럼 밀려왔지만 그녀의 정신까지 지배할 수는 없었습니다. 우리가 만났을 때 표정은 내내 밝았습니다.

수녀님은 매일 오전 '해인글방'으로 출근합니다. 수녀원에서 운영하던 열 평 규모의 유치원 교실을, 수녀원의 배려로 1997년부터 서재로 사용했고 3년 뒤에는 해인글방이란 문패를 달았습니다. 수녀님은 이곳을 '작은 위로 방'이라고 부릅니다.

"이곳에서는 주로 사람을 만납니다. 글을 구상하고 쓰는 것은 주로 수녀원 침방에서 하지요. 침대에 누우면 시상과 '이런 글을 써야지' 하는 생각이 떠오릅니다. 옛날에는 어렵고 힘들 때 시상이 떠올랐는데 요즘은 기쁠 때 떠오르니 신기하지요. 머릿속으로 잘 다듬었다가 어느 정도 완성되면 글방에 나가서 최종적으로 정리하는 식으로 일을 하고 있습니다."

어머니의 편지

수녀님에게 가장 소중한 물건이 무엇인지 물었더니 "저에게는 모두 소중한 보물이지만 특히 소중한 것이 있습니다. 어머니의 편지입니다"라고 하셨습니다. 은색 액자 속에 정갈한 글씨로 쓴 편지가 눈에 들어오더군요.

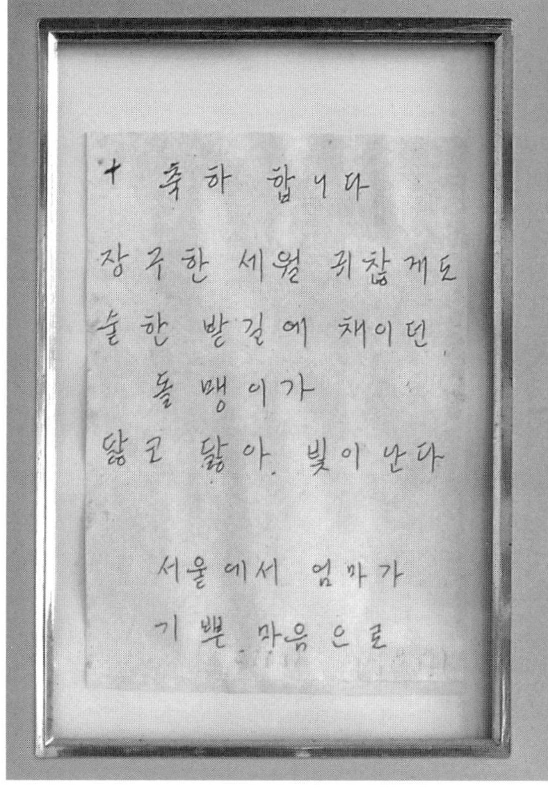
† 축하 합니다
장구한 세월 귀찮게도
숱 한 발길에 채이던
돌 맹이가
닳고 닳아. 빛이 난다

서울에서 엄마가
기쁜. 마음으로

+축하합니다.

장구한 세월 귀찮게도

숱한 발길에 채이던

돌맹이가 닳고 닳아 빛이 난다.

—서울에서 엄마가 기쁜 마음으로.

수녀님이 1981년 아동문학가 윤석중 선생님이 설립한 '새싹문
학상'을 수상하자 어머니가 보낸 축하편지입니다. 세상과 인연을
끊고 입회한 지 60년이 됐지만, 세속의 어머니는 늘 마음속에 살아
계십니다.

그동안 이해인 수녀님은 시집과 에세이, 그림책, 시낭송 음반
집, 대담집 등 50여 권의 책을 출간했습니다. 판매 부수를 다 합치
면 700만 부가 넘을 것 같습니다. 그동안 많은 책을 썼지만 앞으로
어떤 책을 쓰고 싶은지 궁금했습니다.

"1년이 52주이니 그동안 쓴 52개의 시를 뽑아 묵상 자료를 만들
면 어떨까 하는 생각이 최근에 들었어요. 그림을 곁들인 사랑이 담
긴 동화책 한 권을 쓰고 싶기도 하고요. 공동체 생활을 하다보니 개
인적인 버킷리스트 같은 것은 없고요. 그저 순리대로 선하게 살다
가, 때가 되면 삶의 여정을 한 편의 시처럼 마무리하고 싶을 뿐입니

다."

아픈 아이들을 위한 '민들레기금'

몇 년 전 이해인 수녀님은 푸르메재단 강당에서 장애어린이와 어머니를 위한 토크 콘서트를 열었습니다. 그때 시집 『민들레의 영토』 인세와 용돈을 차곡차곡 모아 아이들 치료에 쓰라며 '민들레기금'을 전달해줬습니다. 수녀님이 생각하기에 장애어린이들이 어떻게 살아가야 행복할까요. "정신적·육체적 장애를 가진 분들이 행복하게 살 수 있는 세상을 꿈꾸는데 현실은 그렇지 못해 속상할 때가 많아요. 가족이나 친지, 이웃이 내가 기대했던 것만큼 잘해주지 않아도 실망하지 말고, 긍정적인 마음으로 최선을 다하다보면 좋은 일이 생길 거라고 믿습니다. 그러니 꼭 용기를 잃지 말라고 말해주고 싶습니다."

우리 사회가 행복해지기 위해 무엇이 필요할지도 질문했더니, 이렇게 답하셨습니다. "남을 원망하기 전에 나부터 돌아보고, 남이 원하는 것을 내가 먼저 하는 마음이 필요합니다. 팔레스타인과 우크라이나 사람들을 위해 기도했으면 합니다. 전쟁으로 고통받고, 가난과 자연재해로 눈물을 흘리는 이들의 아픔에 간절하게 기도하고 도움을 주는 우리가 되면 좋겠습니다. 그러기 위해 내가 먼저 용서하고 사랑해야 합니다." 입회 60주년을 맞은 수녀님이 전해준 지혜였습니다.

헤어질 무렵 최근 아들을 잃은 한 지인이 너무 힘들었는데 수녀님의 시 「파도의 말」을 읽고 큰 위안을 받았다고 문자를 보내왔습니다. 그래서 문학은 위대한 것일까요.

10 "내 것이 아니니
나눌 뿐입니다"

고 권오록 할아버지

"그게 뭐 자랑거리인가요"

100세 철학자가 이어준 인연

100년을 살아오시면서 행복하셨는지요?

어렵고 힘들 때도 있었지만 대체로 행복했습니다.

행복했다고 생각하시는 이유는 뭘까요?

일단 다른 직업보다 학생들을 가르치는 일이 제게 맞았습니다. 제
가 철학을 전공했고 학생들에게 철학을 가르치는 일이 무엇보다 재
미있었습니다. 둘째로 대학이라는 특수성이 있었지만, 함께 일한
교수들과의 관계도 좋았고요. 직장 안에서 좋은 관계를 유지한다는
건 행복의 중요한 요소입니다. 셋째로는 제가 독실한 기독교인이었
기에 기독교 정신에 의해 설립되고 운영된 연세대가 다른 직장보다

저와 잘 맞았습니다. 이런 세 가지 이유로 저는 행복하게 인생을 살았다고 스스로 생각합니다.

그럼 언제 가장 행복하셨나요? (저는 내심 20대 후반부터 40대 중반을 꼽으리라 예상했습니다.)

2년 전인 98세 때 가장 행복했습니다. (모두 깜짝 놀랐습니다.) 그해 철학 관련 책을 두 권 써서 출간했습니다. 그 책으로 큰 상을 받았고 그 상금으로 철학을 연구하는 후배들을 위한 기금을 만들 수 있었습니다. 제겐 큰 기쁨이었지요. 일주일에 평균 이틀은 강연을 다녔고, 이틀은 마을버스를 타고 수영장에 가서 운동을 했습니다. 덕분에 지금까지 건강을 유지하고 있습니다. 그래서 살아온 100년 중 98세 때가 가장 행복했다고 생각합니다.

2019년 2월, 푸르메재단 고액후원자 모임인 '더미라클스'에 김형석 연세대 철학과 명예교수님을 강연자로 모셨습니다. '100세 철학자가 터득한 삶의 지혜'라는 제목의 강연이었습니다. 1980년대 초반 제가 대학에 입학했을 때 서양철학사를 강의했던 노교수님은 사십 번 성상이 바뀌는 동안, 눈이 조금 작아지고 얼굴에 검버섯만 몇 개 피었을 뿐 카랑카랑한 목소리와 형형한 눈빛은 여전하셨습니다.

김형석 교수님은 마치 40년 전의 시간으로 돌아간 듯, 젊은 표정으로 "여러분이 행복해지기 위해서 일과 동료, 그리고 직장을 사랑하세요…… 여러분이 가진 것을 나누고 베풀면 훨씬 더 행복해집니다" 하고 강조하셨습니다. 다음날 강연 기사가 신문에 크게 실렸고 이날 오후 사무실로 전화가 걸려왔습니다. 은행 직원이었습니다. 고객 한 분이 기부를 원한다며 계좌번호를 물어왔습니다. 잠시 후 통장을 확인해보니 거짓말처럼 1억 원이 입금돼 있었습니다. 은행 직원을 가까스로 설득해 기금을 입금한 분의 연락처를 받았습니다.

재단 직원이 감사전화를 드리자 그분은 김형석 교수님 이야기를 꺼냈습니다. "신문기사를 보니 김형석 교수님이 '먼길 가는 사람은 꼭 필요한 것만 가지고 간다. 인생도 마찬가지다. 인생을 잘살려면 꼭 필요한 것만 남기고 모두 남에게 주라'고 하시더군요. 그 말에 크게 느낀 바가 있어 기금을 보냈습니다. 장애어린이를 위해 좋은 일을 하고 있다고 들었어요. 아이가 장애를 가지고 태어난 일만큼 안타까운 게 어디 있겠어요. 믿고 맡기니 어린이 치료비에 쓰세요. 만날 필요도 없고 앞으로 연락도 하지 마세요." 뚜뚜뚜…… 할말을 하시고는 전화를 끊으셨습니다.

이튿날 이번에는 제가 직접 전화를 걸었습니다. 카랑카랑한 목소리로 미루어볼 때 60대 후반의 남성 같았습니다. "이렇게 큰 기금을 주셨으니 꼭 찾아뵈어야겠습니다. 영수증도 드리는 것이 도리입니다." 여러 번 간청했지만 대답은 완강했습니다. "만날 필요도 없고 영수증도 필요 없습니다. 연락하지 마세요."

목소리만큼이나 단정한 분

몇 번 통화한 끝에 겨우 설득해 그분의 집을 방문했습니다. 청담동 양지바른 언덕 위에 지어진 하얀색 2층 양옥집이었습니다. 주인의 성격을 말해주듯 마당 한가운데 감나무 한 그루가 서 있었고, 그 주위에는 잔디가 단정하게 깎여 있었습니다. 반바지와 러닝셔츠 차림의 할아버지가 나오셨습니다. 통화했던 권오록 할아버지였습니다. 목소리만큼 행동도 활달하셨습니다. 안내대로 2층 거실로 올라가니 감사패가 여러 개가 놓여 있었습니다. 초록우산, 적십자사, 사회공동모금회에서 보내온 것이었습니다.

"아무런 조건 없이 이렇게 큰 금액을 쾌척하시는 분은 정말 드뭅니다." 감사인사를 드리자 할아버지는 손사래를 치셨습니다. "바쁜데 왜 만나자고 했어요. 김형석 교수님이 가치 있게 돈을 쓰라고 해서 기부했는데, 그게 뭐 자랑거리인가요."

모든 것을 바꿔놓은 전쟁 속에서

대화를 나누다보니 예상보다 훨씬 연세가 많으셨습니다. 권오록 할아버지는 지금은 북한 땅이 된 휴전선 이북 경기도 연천군 백

학면 갈현리에서 1934년 부농의 아들로 태어나셨다고 합니다. 부친은 춘궁기가 되면 곳간을 열어 주민들에게 쌀을 나누어주고 소작료를 면제해주는, 인심 넉넉한 분이셨다고요. 평생 한학을 공부한 터라 강습소를 차려 마을 사람들에게 글도 가르쳤습니다. 사진 속 그의 아버지는 하얀 두루마리를 입고, 말 위에 위엄 있게 앉아 있는 모습이었습니다.

하지만 전쟁이 모든 것을 바꿔놓았습니다. 한국전쟁이 발발하자 할아버지는 가족들과 함께 평택으로 피란했다가 고향으로 되돌아가지 못했습니다. "정말 어려웠습니다. 정신없이 며칠 걷다보니 수중에 만년필 한 자루와 은반지 하나만 남았습니다. 피난지에서 땔감을 모아 팔면서 그 어려운 시기를 견뎠죠. 전쟁이 끝나자 고향에서 가까운 의정부에 터전을 잡은 큰누나네로 갔습니다."

매형이 도와줘 다행히 대동상고(현 대동세무고)와 건국대를 졸업했다고 합니다. 졸업 후 1962년 서울시청 주사보로 들어가 34년 동안 공무원으로 일을 했고요.

"서울시청 인사과 시절, 이원종 씨와 일할 때가 지금도 기억이 생생해요. 밤늦도록 정말 열심히 일했어요. 이원종 씨는 나중에 행정고시를 봐서 서울시장까지 했습니다. 서민들의 생활을 속속들이 알고 있으니 정말 좋은 시장이 될 거라고 생각했는데 기대대로더군요. 저는 1988년 서울올림픽을 앞두고 새로 신설된 송파구 민원

실장을 맡았습니다. 서울올림픽이 성공적으로 개최된 데 자부심을 가지고 있습니다."

나누어야겠다는 결심의 순간

권오록 할아버지는 젊은 시절 시인 이은상 씨와 한국산악회를 조직해, 주말이면 전국의 명산을 찾아다녔다고 합니다. 그래서인지 여든을 훨씬 넘긴 연세에도 등산으로 다져진 몸매가 다부졌습니다. 그는 1996년 6월 은평구청장을 마지막으로 34년간의 공무원 생활을 마쳤는데, 나눔을 결심한 것도 그 무렵이라고 합니다.

"그때는 서울시 공무원 중에서 정년퇴직한 사람이 많지 않았어요. 일하다가 중간에 잘못돼 그만두는 경우가 많았죠. 나름대로 청렴하게 생활했다고 자부합니다. 서울시에서 일하다보면 형편이 어려운 사람을 많이 만납니다. 퇴직하고 여유가 생기니, 일을 하며 만났던 가난한 사람들이 생각나더군요. 그때부터 나누어야겠다고 결심했습니다."

처음 뵈었을 때는 서릿발처럼 차갑고 날카로운 분이라고 생각했는데, 대화를 나누다보니 정말 부드러운 분이었습니다. 저희 부모님도 해방 후 이북에서 내려와 서울에 정착하셨던 터라 어린 시절 부모님께 들었던 한국전쟁 때의 참상 등에 대해 말씀드리자 "그래, 맞아요!" "그렇지요" 하며 맞장구치셨습니다. 그러면서 제 어깨를 두드리거나 볼을 비빌 만큼 '아버지와 아들'처럼 급속도로 가까워졌습니다.

마음이 부자인 사람

이날 제게 마음을 연 할아버지는 한 달 후 재단을 방문했습니다. 사무실로 들어오는 발걸음부터 쾌활했습니다. 검은색 선글라스를 쓰고 초록색 재킷을 입어 한껏 멋을 내시니 80대라고는 믿기지 않았습니다. 60대 후반의 BTS였습니다. 그런데 당신 손에는 5년도 넘게 사용한 낡은 2G 폴더폰이 들려 있었습니다. 자리에 앉으시자마자 이것저것 궁금했던 것들을 여쭈었습니다.

"자제분들은 기부에 반대하지 않으셨어요?"

"자식들이 원하는 만큼 대학원까지 공부시켜줬어요. 그만하면 됐지요. 1970년대 초부터 강남 땅이 개발됐지만, 교통이 나쁘고 시내에서 멀어서 땅을 사려는 사람이 드물었어요. 그래서 서울시청에서 나서서 직원들에게 강남 땅을 사라고 독려했고요. 다들 외면했지만 저는 집 지을 땅을 사야겠다고 생각했습니다. 은행 대출을 받아 지금 사는 주택부지를 불하받았고, 인근 땅도 100평 샀습니다. 그쪽으로는 버스도 안 다니던 시절이라, 이른 새벽 청담동 집에서 신사동까지 자전거를 타고 가서 시청 통근버스를 타야 했죠. 그러다 강남 땅값이 오르면서 좋은 일을 할 수 있게 된 거고요."

할아버지는 그때까지 사회단체와 학교에 모두 25억 원을 기부하셨습니다. 아깝지 않으시냐고 묻자 당신 돈이 아니라는 답이 돌아왔습니다. "내가 땀흘려 부자가 됐다면 기부를 안 했을지도 몰라요. 하지만 땅값이 저절로 올라 생긴 돈이니 내 것이 아니지. 사회에 환원해야 도리라고 생각해요. 하하하!"

할아버지는 감사패도, 영수증도 다 필요 없다고 말씀하신 뒤 갑자기 자리에서 일어나셨습니다. 택시를 잡아드리겠다고 따라나서자 "아직 정신이 멀쩡한데 왜 택시를 타요?"라며 얼굴을 붉히며 야단치셨습니다. 버스와 지하철을 세 번이나 갈아타야 한다는 이야기에 중간 지점까지만 같이 가겠다고 우겨서 함께 지하철에 올랐습니다.

노약자석에 앉은 할아버지 옆에 큰 함지박을 든 할머니 한 분이 앉았습니다. 함지박 안에 뭐가 들었는지 묻자 할머니는 종묘 앞에서 떡을 판다고 하셨습니다. 이어 나이들수록 사는 게 어렵다고 신세한탄을 하셨습니다. "할머니, 늙으면 아프지 말아야 해요. 고생스럽지만 그래도 이렇게 다니시니 얼마나 좋아요." 응원의 말을 마친 할아버지는 낡은 지갑에서 2만 원을 꺼내 할머니 손에 쥐여주셨습니다.

"이상하게 생각하지 마세요. 남은 떡을 모두 사고 싶은데 먹을 사람이 없어서 그래요." 할아버지는 마음이 부자였습니다. 친절이

종교보다 중요하다는 것을 실제 몸으로 실천하는 분이었습니다.

장애청년들의 취미생활까지 챙긴 '권오록기금'

권오록 할아버지는 감동적인 사연을 접하면 일정한 금액을 기부한 후 투명하게 집행되는지를 일단 지켜본다고 합니다. 그러다가 믿을 만한 단체라고 생각되면 큰 기부를 하신다고요. 2020년 봄, 신천지 사태로 대구·경북 지방에 코로나가 걷잡을 수 없을 정도로 확산되자, 할아버지는 경상북도의 어려운 주민들을 위해 공동모금회에 무려 5억 원을 기탁했습니다. 2021년 정부는 국민 추천을 통해 평생 나눔을 실천한 할아버지에게 국민훈장 석류장을 수여했습니다.

푸르메재단과 인연을 맺은 이후 할아버지는 발달장애청년들이 일하는 여주농장 푸르메소셜팜에 3억 원, 푸르메재단 발전기금으로 2억 원 등 총 5억 원을 기부했습니다.

농장에서는 이 '권오록기금'으로 청년들이 네 시간 근무한 뒤들을 수 있는 문화프로그램을 만들었습니다. 통장과 카드를 어떻게 개설하고 월급을 어떻게 관리해야 하는지 금융교육 같은 일도 하지만 요리와 보석십자수 공예, 미술, 요가, 탁구 등 청년들이 즐겁게 할 수 있는 다양한 프로그램을 운영합니다. 직장이면서 일종의 학교인 셈입니다. 농장 건립 초기 새로 선발된 청년들이 농산물

가공일을 익히기 위해 브로콜리와 파프리카를 다듬는 실습을 해야 했는데, 이때도 모든 훈련비를 '권오록기금'에서 지원받았습니다. 청년들이 입사해 농장일을 시작하고 취미 생활을 즐기게 된 것은 모두 할아버지의 기부 덕분입니다.

부자가 거액을 기부해 화제가 된 적은 있지만, 평생 성실하게 일해 모은 전 재산을 내 것이 아니라며 기부한 분은 많지 않을 겁니다. '일부'가 아닌 '전부'이기에 더 감사할 수밖에 없습니다.

"내겐 이게 큰 기쁨이에요"

권오록 할아버지는 재단에 오실 때마다 직원들에게 꼭 밥을 사주십니다. 극구 사양해도 "좋은 일 하는데 내가 해줄 것은 따끈한 밥 한끼 대접하는 것밖에 없어요. 내겐 이게 큰 기쁨이에요" 하십니다. 봄이 되면 꽃이 피었다고, 감기를 앓았는데 건강하게 회복됐다고, 농장을 짓느라 얼마나 수고하느냐고 등등 꼭 이유를 붙여서 맛있는 점심을 사십니다. 할아버지가 직원들에게 주신 것은 한끼 밥이 아니라 푸르메재단에서 일하는 소명감과 자부심입니다. 하지만 정작 소식하는 당신은 직원들이 맛있게 먹는 모습만 흐뭇하게 바라볼 뿐입니다.

"우리 아버지는 자식들에게 '남에게 베풀라'고 말씀하신 적이 없어요. 이웃을 돕는 삶을 행동으로 보여주셨을 뿐입니다. 그런데 그 모습이 잊히질 않아요. 내가 기부하는 것도 아버지의 그런 모습을 본받으려는 노력입니다. 다음에 저승에서 아버지를 만나면 '우리 오록이가 아주 착하게 잘살았구나' 칭찬해주시리라 믿어요."

2023년 미수米壽를 맞은 권오록 할아버지의 미소가 해맑습니다. 우리 사회에 큰 울림을 전한 김장하 선생님처럼 권오록 할아버지도 진정한 큰어른이셨습니다. 그렇게 가진 것을 아낌없이 주위에 베풀던 할아버지는 코로나가 끝난 2025년 1월, 갑자기 폐렴으로 세상을 떠나셨습니다. 마지막 인사를 드리러 장례식장에 찾았습니다. 할아버지는 남미 잉카 문명지 마추픽추를 방문했던 젊은 시절의 모습으로 환하게 웃고 계셨습니다.

11

법 앞에 평등해야
공정한 세상을 세울 수 있다

조무제 전 대법관

"스스로에게 부끄럽지
않아야 한다"

'청빈 법관' '청렴 판사' 조무제

얼마 전 부산에 다녀왔습니다. '청렴 판사' 조무제 전 대법관님을 만나기 위해서였습니다. 부산역을 출발한 택시는 꼬불꼬불한 언덕길을 쉬지 않고 올라가 목적지에 닿았습니다. 대학병원에 소속된 요양병원이었습니다. 연락을 받은 조 전 대법관님 부부가 로비에서 기다리고 계셨습니다.

"바쁜 분이 와 이 먼길을 오셨습니꺼?" 조 전 대법관님이 활짝 핀 해바라기 같은 환한 미소로 반겨주었습니다. 온화한 말씨가 반가웠습니다. 조금 야위었지만 혈색이 좋았습니다. 우리 두 사람 모두 말투가 느렸습니다. 안단테(Andante, 느리게)에서 출발한 우리의 대화는 시간이 지나면서 점점 아다지오(Adagio, 아주 느리게)에 이르렀습니다. 조 전 대법관님은 거동이 크게 불편하진 않았지만 부인 김연미 님이 곁에서 그의 팔을 부축하고 있었습니다.

"눈에 보이는 물질보다 눈에 보이지 않는 높은 차원의 가치가 분명히 있다는 신념을 가져야 합니다. 외부의 변화에 결코 흔들리지 말고 정성을 다해 재판에 임해주세요." 조무제 전 대법관님이 2004년 퇴임식 때 후배 판사들에게 당부한 말입니다. 의사는 수술로 말하고, 교수는 강의로 말하며, 기자는 기사로 말하듯, 판사는 판결로 모든 것을 말합니다. 그는 1970년 부산지방법원 판사로 임용된 이후 34년간 판결로 자신의 목소리를 냈습니다.

'청빈 법관' '청렴 판사'라는 별명이 늘 그를 따라다녔습니다. 밤늦게까지 사무실 불이 꺼지지 않았습니다. 공정한 판결을 위해서였습니다. 공정한 판결이 공정한 세상을 만든다고 믿었던 그는, 다른 사람의 도움을 받지 않고 재판 자료를 밤새워 읽고 판결문을 직접 썼습니다. 이렇게까지 하는 경우는 그가 유일하다고 할 정도로 드물었지만, 그는 법관이 객관적으로 판단하려면 소송 내용을 소상히 알아야 한다고 믿었습니다. 만약 누가 도와준다면 그 과정에서 판결 내용이 밖으로 새어나갈 수 있다는 생각도 있었습니다.

'공직자윤리법'에 의해 1993년 공직자 재산이 처음으로 공개됐을 때 조 전 대법관님은 전국 고위 법관 중 꼴찌를 차지했습니다. 가난은 자랑할 일이 아니지만 부끄러운 것도 아니었지요. 아니, 청백리로서 청렴은 자랑스러운 것이었습니다. 그는 정치적인 외압이나 재물 앞에 초연했습니다. 그래서 외롭고 힘들었을 겁니다. 대법관 퇴임사에 그런 고뇌가 담겨 있습니다. "이해관계에 얽힌 주위로부터 초연하려면 고독이 따르게 마련이지만, 법관은 그런 고독을 두려워해서는 안 됩니다."

그는 공정을 위해 고독을 선택했습니다. 사람들은 조무제 전 대법관을 청렴 판사, 존경하는 법조인으로 기억합니다. 그가 목숨처럼 지켰던 청렴한 처신, 원칙을 지키는 태도, 공평무사한 판결 때문일 겁니다.

어머니로부터 물려받은 것

그는 한학을 공부하던 아버지와 농사짓는 어머니 사이에서 5남 2녀 중 막내아들로 진주에서 태어났습니다. 아버지 고향은 경남 하동이었지만 열악한 위생환경과 의료시설 때문에 첫째와 둘째아들을 잇따라 잃자, 어머니는 고향을 등지고 진주로 이사했습니다. 더 이상 자식을 잃지 않겠다는, 남은 자식들을 공부시키겠다는 신념 때문이었습니다. 병약했던 아버지는 고향인 하동에 남아서 자식 뒷바라지를 위해 처음으로 농사를 지었다고 합니다. 그러던 어느 날 아버지가 갑자기 돌아가셨습니다. 초등학교 5학년 때였습니다. 학비가 싼 초등학교를 찾아 전학을 다니던 소년 조무제는 결국 휴학했습니다.

"연약한 어머니 혼자 힘으로는 농사를 감당할 수 없다고 생각했습니다. 비록 제가 어렸지만 거들어야겠다 싶어 학업을 중단하기로 결심한 것이지요. 하지만 결과적으로 어머니께 큰 도움을 드리지 못해 죄송할 따름입니다."

어머니와 아들은 1년 동안 경남 하동에 머물며 농사를 지었습니다. "오 남매를 위해 홀로 농사를 지으시고, 나중에는 전 재산을 팔아 자식들을 가르치셨지요. 놀라울 정도로 근검절약하셨고, 아무리 어려워도 바른길이 아니면 쳐다보지 않으셨습니다." 공직자로서 절제되고 청렴한 그의 처신은 어머니로부터 물려받은 것이었습니다.

가난의 굴레를 끊어야 한다는 생각뿐

소년 조무제는 진주중학교에 합격했습니다. 1년간 휴학을 해서 공백이 있었음에도, 다시 공부를 시작한 지 석 달 만의 일이었습니다. 하지만 가난이 그의 발목을 잡았습니다. 공립학교였지만 등록금이 싸지 않았습니다. 학비가 저렴한 학교를 찾아 진주사범학교 병설중학교로 전학을 갔지만, 학비를 내지 못해 이번에도 한 해 휴학했다고 합니다. 그런 환경 속에서도 그는 진주사범학교에 거뜬히 합격했습니다. 학비는 장학금으로, 생활비는 가정교사를 해서 벌었습니다. 바쁜 와중에 학내 문예주간신문 제작을 주도하기도 했습니다. 문학에 관심을 쏟으며 그는 점점 대도시로 나가고 싶다는 꿈을 갖게 됐습니다. 당시 진주사범학교에서는 졸업생 중 두 명만 부산에 위치한 초등학교로 부임할 수 있었는데, 그가 수석졸업을 하면서 다행히 그 꿈이 이루어졌습니다.

첫 발령을 받은 부산 동신초등학교에서 멀지 않은 곳에 동아대가 있었습니다. 아이들을 가르치는 일도 좋았지만 공부를 더 하고 싶었던 차에, 국문과 장학생을 모집한다는 공고를 보고 동아대 야간과정에 등록했습니다. 초등학교 두 개 반의 담임을 맡아 매일 여덟 시간 수업을 하면서, 야간대학에서 공부하는 강행군을 이어갔습니다. 녹록지 않은 생활이었지만 이때 그의 머릿속에는 가난의 굴레를 끊어야 한다는 생각뿐이었다고 합니다.

얼마 후 사법고시에 응시하기로 결심하고 법학과로 전과했습니다. 대학 등록금은 장학금으로, 숙식은 입주 과외로 해결하며 사법시험에 매달린 지 2년 8개월 만에 그는 합격했습니다. 주위에서는 기적이라고 했습니다. 합격자 22명 중 15명이 서울대 출신이었습니다.

예비신부에게 청렴 서약을 요구한 판사

그는 대학에서 삶의 스승을 만났습니다. 4학년 때 만난 김병규 교수님이었습니다. "대구사범을 나온 뒤 독학으로 변호사시험에 합격하신 분입니다. 생활에 쪼들리면서도 변호사 개업을 하지 않고 명예교수로 퇴직하셨습니다. 일본에 가서 강의할 정도로 일본어를 잘하셨고 박학다식하셨지요. 무엇보다 글을 잘 쓰셔서 현대수필 문학 대상을 받으셨어요. 김 교수님의 삶을 본받아야겠다고 생각했습니다."

청년 조무제는 이때 판사가 되겠다고 결심했습니다. 만약 판사 임용이 안 된다면 학교에 남겠다고 마음먹었습니다. 다행히 판사로 발령을 받아, 판사로서의 삶을 시작했습니다.

첫 부임지는 부산이었습니다. 그는 부산을 시작으로 마산, 통영, 대구, 진주 등 주로 경상도 지역에서만 근무했습니다. 어떻게 지역 판사, 일명 향판鄕判이 된 건지 궁금했습니다. "지금도 그렇지만 그때도 모든 판사가 서울 근무를 희망했습니다. 저는 서울에 연고가 없었기 때문에, 부산에 배정받은 것이지요. 부산이나 대구에는 친척과 지인이 많지 않아 그나마 다행이었습니다. 나중에 중고교를 나온 진주에 근무할 때는 오해를 살까봐 사람들과 교류를 끊다시피 했습니다. 친한 친구나 친척조차 만나지 않았습니다."

우리 대화를 듣고 있던 부인 김연미 님이 거들었습니다. "이 양반이 판사가 된 지 얼마 안 됐을 때 우리는 친척 소개로 만나 결혼을 약속하게 됐습니다. 그런데 어느 날 만나자고 해서 나갔더니 저에게 대뜸 청렴 서약을 하라잖아요. 깜짝 놀랐지요. 절대로 돈봉투나 선물을 받지 않겠다는 선서였습니다." 조 전 대법관님이 말을 이어 받았습니다. "그때는 지금과는 다른 시절이었지요. 돈봉투를 아내나 가족에게 준 뒤 어떤 판사에게 뇌물을 줬다고 소문을 내면 사회적으로 매장되었습니다. 그러니 결혼 전부터 단속을 해둘 수밖에요."

저녁이 되면 조무제 판사님을 만나려는 사람들이 집 앞에 줄을 섰습니다. 하지만 그는 누구도 만나주지 않았습니다. 집에 전화가 걸려와도 법원 동료와 사무직원, 절친인 법대 교수 등 세 사람의 전화말고는 일절 받지 않았습니다.

실제로 고교 동창이 과자를 사들고 왔는데 부인이 안 받겠다고 거절해, 그가 대문을 박차고 나간 적도 있다고 합니다. 조무제 판사님이 조언해줘서 뒤늦게 공부해 행정고시에 붙었다는 소식을 전하러 왔는데, 부인이 끝내 선물을 거절해 화를 낸 것이었지요.

"비록 패소했지만 재판은 공정했다"

신혼 시절에도 조무제 판사님은 변함없었다고 합니다. 사모님은 "3박 4일 신혼여행을 다녀온 다음날부터 남편은 '법원'이라고 새겨진 보라색 보따리를 끌어안고 퇴근했습니다. 판결에 필요한 자료라더군요. 매일 밤 자정이 되도록 자료를 읽었고 일요일에도 책보를 끼고 살았습니다. 일하는 남편을 지켜보는 것이 저의 신혼 생활이었어요"라고 그 시절을 떠올렸습니다.

판사 조무제는 원칙에 어긋나면 타협하지 않았고, 사소한 청탁도 용납하지 않았습니다. 부산 변호사들 사이에서는 "조무제에게 청탁하느니 돌부처에게 빌거나 예수에게 기도하는 게 낫다"는 농담이 퍼졌습니다. 그는 판결문에 공정과 정의라는 가치를 담기 위해 치열하게 고민했습니다. 그리고 무엇보다 신속한 판결을 위해 최선을 다했습니다. 심리가 길어질수록 소송 당사자는 정신적 스트레스를 크게 받을 뿐 아니라 소송 비용이 늘어납니다. 게다가 만약 패소할 경우 상대방의 소송비까지 모두 물어줘야 해서 이중 삼중으로 고통을 받기 때문이었습니다. 그는 판결 후 "비록 패소했지만 재판은 공정했다"는 감사편지를 여러 사람에게 받았습니다.

조무제 판사님은 공부하는 판사였습니다. 부산지법 부장판사로 과중한 업무에 시달리면서도, 1986년 동아대에서 박사학위를 받았습니다. 판사들의 공부모임인 '부산판례연구회'도 조직했습니다. 대법원의 판례를 연구하면서 『판례연구』라는 학술지를 만들자, 부산 지역 판사들이 여기에 논문을 발표하기 시작했습니다.

1994년 창원으로 발령이 나자 직원들이 전별금으로 500만 원을 모아 전달했습니다. 하지만 그는 절대 알리지 말아달라며, 이 돈으로 법원도서관에 필요한 책을 사서 기증했습니다. 그가 떠난 뒤에야 직원들은 그 사실을 알게 됐습니다. 왜 그랬느냐고 이유를 묻자 "오랜 관행이었기 때문에 그때는 안 받을 수 없었습니다. 반환하고 싶어도 방법이 없었지요. 너무 부끄러운 이야기니 이 정도로 하시지요" 하며 얼굴을 붉혔습니다.

드디어 대법관이 되다

조무제 판사님은 57세가 되던 해인 1998년 대법관에 임명됐습니다. 비서울대 출신에다가 지역판사가 대법관 임명이 되자 사회적으로 큰 화제를 모았습니다. 오래전 일이지만 당시의 소회가 궁금했습니다. "너무 영광스러운 일이지요. 반갑기도 했지만 대법관이 되면 격무에 시달린다고 해서 제가 잘해낼 수 있을까 걱정이 앞섰습니다. 스스로 건강하지 못하다고 생각했기 때문입니다. 평판사에서 부장판사로, 지방법원장으로 승진하는 과정에서도 '승진이 안 돼도 할 수 없다, 근무하는 동안 최선을 다하자, 스스로에게 부끄럽지 않아야 한다'고 늘 마음속으로 다짐하곤 했습니다."

당시 대법관 임명에 대해서 사모님께 묻자 "남편은 다른 말 안 하고, 출근하면서 '오늘 라디오 뉴스를 잘 들어보라'고만 했습니다. 오후 1시 대법관에 임명됐다는 뉴스가 나왔습니다. 이 양반은 원래 그런 사람입니다" 하고 대답했습니다.

실제로 대법관이 되고 보니 업무가 너무 많았습니다. 2004년 퇴임할 때까지 6년 동안 주심을 맡은 사건만 해도 1만 4000건이 넘었습니다. 격무에 시달리면서도 그는 재임 시절 수많은 일화를 남겼습니다. 장관급인 대법관에 임명됐지만 부임 초기에는 경기도 용인에 보증금 2천만 원짜리 원룸을 얻어 버스를 타고 출퇴근한 일도 유명하지요.

왜 그러셨느냐고 하자 "대법원장에게는 당연히 사택이 나왔지만 대법관에게 사택을 주는 제도는 없었습니다. 다른 대법관은 모두 서울에 집이 있었으니까, 사택이 필요 없었지요. 행정처에서 저에게 사택을 마련해주겠다고 했지만 저만 특혜를 받을 수 없어서 거절했습니다. 용인에서 자취하며 출퇴근했는데 차가 막혀서 편도 두 시간이 걸리더군요. 할 수 없이 나중에는 관용차를 이용했습니다"라고 말씀했습니다. 관용차와 기사를 거절한 것은 역대 대법관뿐 아니라 부장판사 이상의 고위 법관 중 유례없는 일일 겁니다.

그는 '국민이 낸 세금을 절대 허투루 써서는 안 된다'며 비서뿐 아니라 판결을 도와주는 전속 비서관조차 두지 않았습니다. "판결에 필요한 자료를 제가 제대로 살펴보지 않고 재판연구관의 힘을 빌려 판결해서는 안 된다고 생각했습니다. 이들에게 사건을 맡기는 것은 옳지 않다 싶어서 모든 판결문을 직접 쓰다보니 다른 대법관보다 일이 두 배나 많아졌을 겁니다."

조 전 대법관님은 재임중 한국 사회에 중요한 기준이 되는 판결을 많이 내렸습니다. 가장 유명한 것이 '신분상 공무원이 아니더라도 공무를 다루는 위원회에 위촉된 사람이 직무와 관련해 돈을 받았다면 수뢰죄가 성립된다'는 판결(2003년 1월)입니다. 이 판결을 내리고 몇 달 뒤 비슷한 사건에서 '국회의원은 직접 영향력을 행사할 수 없는 사안이더라도 청탁과 함께 돈을 받으면 뇌물'이라는 판결도 내렸습니다.

'국가보안법 위반 혐의로 기소되었다는 이유로 공무원 직위를 해제한 것은 재량권 남용'이라는 판결(2001년 5월)도 의미가 있었습니다. 이로 인해 공무원임용령에 규정된 직위해제를 엄격하게 적용하게 됐습니다.

시민들이 관심을 갖는 재산상속 판례도 시대의 흐름에 맞게 가다듬었습니다. 그는 어머니를 30년 동안 모신 딸에게 더 많은 재산상속분을 인정한 효도상속분 판결(1998년 10월)을 내렸습니다. 노부모를 모시고 간병과 식사 수발을 오래 한 딸에게 특별기여분을 인정해줘야 한다는 내용이었습니다. 사회적인 파장이 컸습니다.

30여 년간 재임하면서 보수적인 판결을 내린 적도 있었지만, 인권을 보호하고 뇌물 등 부정행위는 엄격하게 처벌한다는 원칙을 지켰습니다.

'전관예우'라는 관행을 뿌리치고

6년 동안 헌신한 대법관 자리에서 물러나면서 변호사로 개업하거나 로펌으로 가는 대신 그는 모교의 강단에 섰습니다. 사법시험에 합격한 뒤 '만약 판사가 되지 못한다면 대학 강단에 서겠다'는 자신과의 약속을 퇴임 후 지킨 셈이었습니다. '전관예우'라는 법조계 관행을 뿌리쳤다는 점에서도 존경의 대상이 됐습니다. 대법관 출신이 변호사로 개업할 경우, 2~3년 안에 수십억 원의 수임료를 받는 걸 관행처럼 여겼기에 그의 결단은 주변 사람들에게 감동적으로 다가갔습니다. 이후 후배 판사인 전수안 대법관과 김영란 대법관이 대형 로펌 대신 사회단체의 법률고문을 맡거나, 대학 강단에 서면서 아름다운 전통이 이어졌습니다.

그의 선택을 두고 부인 김연미 님은 "판사직은 박봉인데다가 남편이 여기저기 남을 돕느라 생활비를 넉넉하게 주지 않았습니다. 변호사가 되면 살림이 피지 않을까 했는데 헛된 꿈이 되고 말았지요" 하고 웃었습니다. 조 전 대법관님은 동아대 법대에서 '법조윤리'라는 과목을 맡아 4년 동안 강의하며, 법조인으로서의 교양과 윤리적 처신, 사회적인 책임을 강조했습니다.

가난한 사람이 더 가난한 사람을 돕는 일

1993년 공직자 재산 공개 당시 6400만 원을 신고해, 재산을 공개한 고위 법관 103명 가운데 꼴찌였던 그는 2004년 대법관 퇴임 때에도 전 재산이 2억 원이었습니다. 법원 조정위원으로 재직할 때는 수당이 너무 많다며 자진 삭감을 요청했는데, 이 사실이 나중에 알려져 화제가 됐지요. 가난한 판사 시절부터 더 가난한 대학생들의 장학금을 지원해왔고, 동아대에도 2억 4천만 원 이상을 학교발전기금으로 기부했습니다

2007년 조무제 전 대법관님은 푸르메재단이 민간 최초의 장애인전문치과를 세웠다는 소식을 듣고 '100인 후원회'에 가입했습니다. 이때부터 매달 적지 않은 금액을 후원했고 연말에는 큰 기금을 보내줬습니다. 조무제기금에 다른 기부자들의 정성이 더해져 지난 15년간 5만 명의 장애인들이 치과치료를 받았습니다. 조무제 전 대법관님의 강직한 성품과 청빈한 삶은 젊은 판사와 시민들에게 존경의 대상이었을 뿐 아니라, 장애인과 그 가족들에게도 큰 울림을 남겼습니다.

존경할 스승과 어른이 없다고 한탄하는 시대입니다. 청렴하고 청빈한 공직자로 살면서 나눔을 실천한 조무제 전 대법관님의 모습에서 큰 감동과 위안을 받습니다. 우리 사회의 정의와 공정이 무너지고 있는 요즘, 평생 법 앞에 만인의 평등과 공정한 판결을 추구한 그의 모습이 더 소중하게 다가옵니다.

12

세상에서 가장 아름다운 단어, 어머니

박점식 천지세무법인 회장

"장애인에 대한 사회적
인식을 바꾸는 일이 중요합니다"

장애인 가족에서 후원자로

세상에서 가장 아름다운 단어가 무엇일까요? 사랑, 희망, 행복, 평화 등이 아닐까 생각했습니다. 최근 영국의 한 단체가 영어권을 제외한 102개국 시민 4만 명에게 물은 결과 가장 많은 응답을 받은 단어는 '어머니'라고 합니다. 어머니에 이어 열정, 미소, 사랑 순으로 꼽혔다고요. 저 역시 어머니가 돌아가신 지 벌써 30년이 지났건만, 어머니란 단어를 들으면 아직도 가슴이 뭉클합니다. 암으로 돌아가시기 전, 어머니는 오랜 투병 생활 때문에 백발에 뼈만 앙상한 모습이었지만 제 기억 속에는 언제나 젊고 고운 40대의 모습으로 남아 있습니다.

푸르메재단의 열성적인 후원자 중 박점식 천지세무법인 회장님이 있습니다. 박 회장님과의 각별한 인연은 2008년 장애인 가족,

특히 어머니를 위로하는 행사로 거슬러올라갑니다. 정호승 선생님의 시낭송회였습니다. 정호승 선생님이 「수선화에게」 「이별노래」 등 아름다운 시를 낭송한 뒤 그 시를 지은 배경과 의미에 대해 설명하는 인문학 강연행사였습니다. 어린이의 손을 잡고 출동한 가족부터 휠체어를 타고 온 장년의 장애인 부부까지 백여 명이 넘는 사람들이 행사장인 광화문 KT홀을 찾아와줬습니다. 한 시간 반을 훌쩍 넘긴 뒤 정호승 선생님은 마지막 순서로 「바닥에 대하여」란 시를 낭송했습니다. 인생의 바닥은 보이지 않지만, 바닥까지 가봐야 그곳을 딛고 일어설 수 있다는 내용의 시였습니다.

시를 낭독한 뒤 정 선생님은 "여러분! 인생의 바닥을 느끼셨을지도 모르겠지만 '바닥'이 비참하리라고 생각하는 것은 상상일 뿐입니다. 바닥에 닿으면 그저 '이제 정말 바닥이구나' 하신 뒤 그 바닥을 딛고 일어나십시오"라고 말씀하셨습니다. 그 말의 의미에 공감한 많은 분이 눈물을 흘렸습니다.

행사가 끝난 뒤 중년의 부부가 저를 찾아왔습니다. 그 옆에는 한 청년이 휠체어에 앉아 있었습니다. "스물네 살인 제 아들입니다. 근이영양증장애를 가졌습니다. 모두가 스무 살을 넘기기 어렵다고 말했습니다. 저도 그런 줄 알고 스무 살 이후 아들이 어떻게 살지 아무런 계획을 세우지 않았습니다. 그런데 아들을 데리고 외국여행을 해보면 장애인을 바라보는 시선부터 다르더군요. 장애인에 대한 인식이 다르니 제도와 정책도 다를 수밖에 없고요. 사회적 인식을 바꾸는 일이 중요합니다. 푸르메재단이 그 역할을 해주십시오."
박점식 회장님과의 인연은 이렇게 시작되었습니다.

박 회장님은 그후 푸르메재단 후원에 참여했고 2014년 고액후원자 모임 '더미라클스'가 발족하자 1호로 가입했습니다. 어머니가 돌아가셨을 때는 부의금을 모아 기부해줬고, 2020년에는 유산기부보험에 가입해 자신의 사망보험금 수령자를 푸르메재단으로 지정하기도 했습니다. 푸르메재단이 큰일을 벌일 때마다 발 벗고 나서 도와줬습니다.

어머니, 내 어머니

어느 날 박 회장님에게 책 한 권을 선물로 받았습니다. 당신 어머니에 대한 감사의 편지 1천 통을 담은 『어머니, 내 어머니』였습니다. 책 속에는 어머니에 대한 사랑과 회한의 마음이 절절히 담겨 있었습니다.

책을 읽어보니 흑산도에서 남의 집 품팔이를 하며, 가난과 절망 속에서 아들을 키운 호랑이 같은 어머니의 이야기가 그려져 있었습니다. 어머니 못지않게 암울한 어린 시절을 견뎌야 했던 아들도 범상치 않았습니다. 홀어머니와 외아들의 삶은 처음부터 굴곡이 예고됐습니다.

꽃다운 20대의 나이, 어머니는 유복자로 태어난 아들이 다섯 살이 되자 뭍을 떠나 섬으로 들어갔습니다. 목포에서 뱃길로 반나절 거리인 흑산도였습니다. 모자는 흑산도에서 셋방살이를 했습니다. 어머니는 아들 하나만을 바라보았습니다. 품삯을 받아 어렵게 생계를 꾸려가면서도 아들이 기죽지 않게 늘 새 신과 새 옷을 사 입혔습니다.

"어머니와 저는 섬에서 유일하게 남의 집 셋방살이를 했습니다. 참 어렵게 살았지만 제 마음에 그늘이 생기지 않았습니다. 어머니가 저를 신뢰하고 자신감을 키워주신 덕분이지요."

행여나 '아비 없는 자식'이란 말을 들을까 늘 엄하게 대했기에, 아들은 동네에서 가장 매를 많이 맞는 아이였습니다. 그런데 아들은 중학교 입학 후 자신이 고등학교에 진학할 형편이 안 된다는 것을 알았습니다. "어머니가 계주에게 속아 그동안 모아둔 돈을 모두 잃으셨습니다. '이젠 고등학교에 가긴 힘들겠구나' 싶어 나쁜 친구들과 어울리며 술과 담배를 입에 대기 시작했습니다."

아들은 엄청 매를 맞았습니다. 범상치 않은 엄마와 엇나간 아들의 갈등은 끝없이 되풀이됐습니다. 그런데 아들이 중학교 3학년에 올라가자 모질게 아들을 대했던 어머니가 갑자기 매를 내려놓았습니다. 그녀는 아들을 앉혀놓고 선언했습니다. "어떤 일이 있더라도 내가 너를 고등학교에 보낼 테니 앞으로 열심히 공부해라." 박 회장님은 "이때 어머니의 말씀이 매 맞는 것보다 열 배나 더 아팠습니다"라고 회고했습니다. 그날부터 밤잠을 자지 않고 공부한 아들은 어머니의 기대에 어긋나지 않게 명문 목포상고에 합격했습니다.

뭍으로 진학한 아들은 여름방학 때면 고향집을 찾아왔습니다. 한번은 친구들과 흑산도에 왔다가 이웃집 염소를 몰래 잡아먹고는 목포 자취방으로 돌아갔습니다. 뒤늦게 이 사실을 안 어머니는 그 길로 아들을 찾아가 정신이 번쩍 나게 야단쳤습니다. "바늘 도둑이 소 도둑 된다고, 내가 바르게 살라고 하지 않았느냐, 이런 나쁜 짓을 하면서 공부는 해서 무엇하겠느냐." 그러고는 아들의 책을 모두 불살랐습니다.

성공에 가려진 그림자

그렇게 우여곡절 끝에 고등학교를 졸업하고 서울로 올라온 아들은 구로공단 노동자와 백화점 점원을 거쳐 꿈에 그리던 세무사시험에 합격했습니다. 경력이 쌓이자 작은 회사를 창업했는데, 회사는 꾸준히 발전해 직원 백 명이 넘는 큰 세무법인으로 성장했습니다. 오랜 고생 끝에 '징하고 징한' 가난의 굴레에서 벗어난 것입니다. 그는 이제 이만하면 성공했다고 자부하며 살았습니다.

"사회적으로 성공하면 할수록 저는 가족들에게는 환영받지 못하는 가장이 되었습니다. 근이영양증장애를 가지고 태어난 아들의 상태는 갈수록 나빠졌습니다. 아내는 매일 아들을 업어 등하교시켰습니다. 그 후유증으로 양쪽 무릎 연골이 다 망가졌습니다. 그런데도 사업하느라 바쁘다는 이유로 아내에게 따뜻한 위로의 말 한마디 건네지 못했습니다. 외아들만 바라보고 살아온 어머니, 그리고 아들을 간호하며 가정을 꾸리는 아내가 자주 충돌했지만, 저는 고부갈등에 눈을 감았습니다."

직원들에게도 그는 호랑이처럼 무서운 상사였습니다. 사소한 실수라도 하면 눈물 쏙 빠지게 야단을 쳤습니다. 성공의 사다리를 오를수록 그는 더 날카로워졌습니다.

2010년부터 우리나라에 전자세금계산서 제도가 점차 확대 도입되기 시작했습니다. 박 회장님에게는 태풍과도 같은 변화였습니다. 이 흐름에 맞춰 업무방식을 바꾸지 않으면 업계 전체가 큰 위기에 봉착할 수 있다고 생각했습니다. 절박한 그는 회사를 변화시키려 했습니다. 위기를 기회로 바꾸려면 무엇보다 직원들의 긍정적 사고가 필요하다고 판단했습니다. 일단 전자세금계산서 제도 도입 전에 일반세금계산서 입력센터를 만들어 기존 업무를 줄인 뒤 고객 상담에 좀더 집중하도록 했습니다. 사무실에만 있지 말고 고객을 찾아가는 서비스를 하라고 지시했습니다. 고객과 통화하는 것도 부담스러운데 '진상 고객'을 직접 찾아가라니 청천벽력 같은 소식에 당연히 직원들은 반발했습니다.

감사일기와 감사편지가 가져온 변화

"제 머릿속에는 '직원의 마음이 바뀌어야 조직이 사는데 어떻게 움직이게 할 것인가' 하는 생각이 떠나지 않았습니다. 회사가 망할 수 있다는 위기감에서 공부모임을 찾아다니게 됐고 우연한 기회에 뇌과학자와 심리학자가 쓴 논문을 읽게 됐습니다. 그 논문에서는 하루 다섯 가지 '감사편지'를 3주 동안 쓰고 나면 스스로 변화된다고 느끼고, 3개월 동안 쓰면 다른 사람들도 그 변화를 알게 될 것이라고 했습니다." 뇌가 긍정적으로 바뀐다는 이야기였지요. 여기에서 박 회장님은 '긍정'이라는 단어에 꽂혀서 본인부터 감사일기를 써보기로 했답니다. 3개월이 지나 효과를 체감하자 직원들에게 함께 쓰자고 권했습니다. 회사 내부 게시판에 감사일기를 올렸습니다. 누구에게 무슨 일로 감사하다는 내용이었습니다. 직원들도 감사한 사실을 서로 알게 됐고 당사자도 기뻐했습니다. 처음에는 주저하던 직원들도 하나둘 서로에 대해 감사편지를 적기 시작했습니다.

동참하는 직원들이 늘어나자 이번에는 고객에 감사편지를 쓰자고 제안했습니다. 직원들은 고개를 가로저었습니다. 고객을 찾아가 면담하기도 버거운데 갑질하는 진상 고객에게 감사편지를 쓰라니, 모두 기막혀했습니다. 박 회장님은 "감사일기와 감사편지는 자기를 성찰하고 남을 이해하자는 운동입니다. 나를 반성하고 스스로 감사하고 이를 가족과 이웃, 사회로 확산해나가며 스스로 행복해지는 길입니다" 하고 설득했습니다. 더디지만 감사편지를 쓰는 직원들이 하나둘 늘어났고, 회사 내부 게시판에도 감사일기가 올라오기 시작했습니다. 고객에게 감사하고 서로 칭찬하는 분위기가 자리잡자 거짓말처럼 고객이 늘어났습니다. 고객과 소통하고 서로를 칭찬하다보니, 고객이 다른 고객을 소개하면서 회사가 성장하게 됐습니다.

전하지 못한 천 통의 편지

박 회장님은 이때부터 치매에 걸린 어머니에게 천 통의 감사편지를 쓰기 시작했습니다. '첫째, 저를 당신의 아들로 태어나게 해주셔서 감사합니다. 둘째, 비록 정신이 온전하지 않으시지만 어머니가 살아계셔서서 감사합니다. 셋째, 정신이 혼미한 중에도 아들을 알아봐주셔서 감사합니다.' 그렇게 어머니와의 좋은 추억을 하나둘 정리해나갔습니다.

아들이 성공할 수 있도록 진학의 길을 열어주셨고, 늘 기다려주셨고, 아들이 나쁜 길로 빠지지 않도록 언제나 노심초사하셨던 어머니. 어려움 속에서 긍정의 힘을 가르쳐주신 어머니. 그분이 계셨기에 오늘과 같은 자리에 서게 됐고 삶의 의미도 깨닫게 되었습니다.

어머니를 모시고 제주도로 마지막 가족여행을 떠난 날, 어머니는 어느 때보다 행복해하셨다고 합니다. "우리 아들이 운전하느라 술을 마실 수 없으니 그 얼마나 좋으냐" 하고 웃기도 하셨답니다. 자식이 술 못 마시는 것을 좋아하는 어머니를 보면서, 그동안 얼마나 어머니 속을 썩였는지 고개가 숙여졌습니다.

그러던 어느 날, 어머니의 건강이 갑자기 나빠졌습니다. 어머니는 아들이 천 통의 감사편지를 쓸 때까지 기다려주지 않았습니다. 630통을 마칠 무렵 세상을 떠나셨습니다. "마치 하늘이 무너지는 것 같았습니다. 막상 어머니가 돌아가시자 어머니의 사랑이 더 애틋하게 느껴졌습니다. 장례식을 마치자마자 남은 370통의 편지를 마저 쓰고 회한의 눈물을 흘리며 어머니 영전에 바쳤습니다. 천 통의 편지를 쓰는 순간순간마다 어머니가 뒤에서 안아주는 듯한 따스함을 느꼈습니다."

어머니가 주신 소중한 선물

감사편지를 쓰며 행복했던 그는 아들을 돌보는 아내와, 장애가 있는 오빠 때문에 늘 많은 걸 양보해온 딸에게 백 통의 감사편지를 썼습니다. 그 결과 가장 많이 변한 것은 박 회장님 자신이었습니다. '날카로워 보였는데 인상이 누그러졌다' '편안해 보인다' '젊어졌다' 같은 인사를 듣게 됐습니다. 예전에는 결재를 받으러 올 때면 여러 번 심호흡할 정도로 긴장하던 직원들이 웃으며 농담을 건넸습니다.

그는 2014년 푸르메재단 고액후원자 모임 더미라클스뿐 아니라 사회공동모금회의 고액후원자 클럽 '아너소사이어티'에도 가입했습니다. 감사편지가 그의 모든 것을 바꿔놓았습니다. 자신이 졸업한 흑산도초등학교에 연락해 필요한 게 없는지 물었고, 아내가 다니는 성당의 어려운 사람들도 도왔습니다. 어머니의 부의금을 모아 도움이 필요한 기관에 보냈습니다. 어느 순간 어머니와 사회로부터 받은 것에 감사하는 기부천사가 되어 있었습니다.

소설가 김주영 선생님은 "아들딸이 시험을 잘 보게 해달라고 백일기도를 올리는 어머니는 많이 보았지만, 자식이 어머니에게 천가지 감사를 바쳤다는 것은 듣지 못했다"고 했고, 정호승 선생님은 "이 책을 읽는 동안 얼어붙은 내 가슴에 봄이 오고 사랑과 감사의 새싹이 돋았다"고 말했습니다.

삶의 의미를 깨닫게 해주셨고 어려움 속에서 긍정의 힘을 보여주신 어머니, 그리고 그 어머니를 그리는 사모곡을 쓰면서 박점식 회장님은 또다른 삶을 살게 됐습니다. 어머니가 주신 소중한 선물이 아닐 수 없습니다.

서울 가산디지털단지 안에 위치한 천지세무법인에 가보면 입구에 큰 포도송이가 하나 매달려 있습니다. 그 위에 포도 알갱이 모양의 카드가 빼곡하게 붙어 있습니다. 직원들이 서로에게 쓴 감사편지입니다. '○○○ 이사님! 따뜻한 눈빛과 온화한 말투로 늘 먼저 인사를 건네주셔서 감사합니다. 먹거리가 있을 때 늘 먼저 챙겨주셔서 어머니 같습니다.' '○○○ 대리님! 감사합니다. 늘 밝은 에너지로 주변 사람들을 기분좋게 해주시는 모습을 닮고 싶고, 저도 그로 인해 기분이 좋아지는 것을 느끼게 해주셔서 감사합니다. 어쩔 땐 동갑이라는 것에 저도 놀랄 때가 있지만 회사에서 좋은 동료이자 친구를 만난다는 것이 어려운 일임을 알기에 더욱더 소중한 인연에 감사합니다.' 하나하나가 감동적인 내용입니다.

박점식 회장님은 저에게도 감사편지를 하나 써달라고 부탁했습니다. 저는 30년 전 돌아가신 어머니에 대한 추억을 떠올리며 편지를 썼습니다.

〈나눔을 가르쳐주신 어머니〉

어머니는 새벽 4시가 되면 어김없이 일어나셨습니다. 방방이 돌며 연탄불을 간 뒤 여덟 가족의 아침을 준비하는 것으로 하루를 시작하셨습니다. 그럴 때면 부엌에서 어머니의 기도 소리가 들려왔습니다. "자식들이 바르고 건강하게 살아가게 해주십시오." 검약을 몸소 실천하셨던 어머니께 자식들은 낭비의 화신이었습니다. 수돗물을 틀어놓고 머리를 감고 금보다 귀한 전깃불을 밤새 켜놓았습니다. 그럴 때면 어머니는 가슴을 두드리며 "굳은 땅에 물이 고이는

법"이라고 한탄하셨습니다.

하지만 하루에도 몇 번씩 찾아오는 걸인들에게는 아낌없이 따뜻한
고봉밥을 내주셨습니다. 어머니가 암으로 돌아가신 뒤 장롱을 정리
하다보니 출장 때 사다드린 화장품과 자식들에게 나눠주려고 간직
하신 패물들이 나왔습니다. 그날 많이 울었습니다. 우리 자식들이
집칸이나 마련해 건강하게 살아갈 수 있는 것은 평생 절약과 근면
을 실천하시고 가난한 사람들에게 많이 베푸신 어머니의 음덕이 아
닐까 합니다.

13

대기업에 맞선
개미들의 대변자

김주영 변호사

"집단소송은 고난과
영광의 과정입니다"

다윗과 골리앗의 싸움

'23조 원의 분식회계, 10조 원의 불법 사기대출.'

1999년 국내 최대 회계 부정 사건이 우리 사회를 강타했습니다. IMF 사태의 충격이 채 가시지 않은 때였습니다. 주인공은 대우그룹. 1997년 외환위기가 닥치자 삼성과 현대, LG 등 다른 대기업은 뼈를 깎는 구조조정을 통해 자구책 마련에 나섰지만, 대우는 위기가 기회라며 오히려 빚을 내 공격적으로 경영에 나섰습니다. 하지만 천문학적인 회계 부정 사건이 터지면서 대우의 허상과 김우중 회장의 민낯이 세상에 드러났습니다. '세계는 넓고 할일은 많다'던 재계 2위의 대우그룹은 해체됐고 김우중은 몰락했습니다.

대우그룹의 맏형 격인 대우전자 주식을 샀다가 피해를 본 사람이 10만 명을 넘었습니다. 이중 360명이 김우중 회장과 대우 임원,

분식회계를 눈감아준 안진회계법인을 상대로 손해배상 청구소송을 제기했습니다. 개미들의 집단소송이었습니다. 이를 주도한 곳은 법무법인 한누리. 작은 법률회사가 한국을 대표하는 대형 회계법인과 대형 로펌을 상대로 시작한 싸움을 두고 사람들은 '골리앗과 다윗의 싸움'에 빗댔습니다.

당연히 질 거라는 예상을 깨고, 8년여간의 소송 끝에 개미들이 승리하면서 분식회계로 인한 손해배상의 기준이 마련됐습니다. 언론에서는 일제히 이 사건을 '소액주주운동의 효시'라고 소개했습니다. 그 중심에는 김주영 대표변호사가 있었습니다. 이외에도 그는 현대증권의 소송과 현대투자신탁증권 소송, LG그룹의 주주대표소송 등에서 잇따라 승소하면서 '대기업의 저승사자' '집단소송 전문변호사'라는 칭호를 얻게 됐습니다.

"대우전자 소송은 지옥과 천국을 오간 싸움이었습니다. 대우뿐 아니라 부실 감사를 했던 안진회계법인에 책임을 묻는 소송이었죠. 변론심리를 마친 뒤 안진을 대리하는 변호사와 마주쳤습니다. 그는 회심의 미소를 지으며 '그러기에 왜 우리를 건드렸느냐'고 말하더군요. 대우만 대상으로 삼고 회계법인은 빼라고 제게 넌지시 말했던 분이었습니다. 경기고와 서울대를 졸업한, 이른바 'KS' 출신의 전 고위법관이었던 그 변호사가 자신만만해하자 재판 결과가 예상과 다를 수 있겠다 싶어 두려웠습니다."

김주영 변호사는 '아, 재판이란 이런 것이구나. 열심히 하면 된다고만 믿다가는 큰일날 수 있구나' 싶었다고 합니다. 패배가 두려웠던 그는 KS 출신에 몇 개월 전 부장판사에서 퇴임한 변호사를 찾아갔습니다. 사건을 맡아달라고 부탁했지만 그는 즉답을 피한 채 생각해보겠다고만 말했습니다. "돌아오는 길에 서글퍼졌습니다. 세상의 정의를 바로 세워보자고 시민운동에 참여했는데 막상 어려운 상황에 빠지니 '전관예우'에 의존하려 했던 것입니다."

그날 그가 모임에서 이런 사실을 고백하자 누군가가 '악인의 꾀를 좇는 것'이라고 말했다고 합니다. 결국 그는 마음을 돌려 소송을 부탁했던 변호사에게 사과하고 선임을 철회했습니다. 이때 이후 그는 오직 '실력'과 '양심'으로 소송에 임하겠다고 다짐했습니다.

대를 이은 올곧음

그의 곁에는 삶의 스승 같은 아버지 김상원 변호사와 형 김주현 변호사가 있었습니다. 대법관 출신 아버지로부터 법조인의 안목과 자세를 배웠다고 합니다. 그리고 몇 년 먼저 서초동에 사무실을 연 형은 동생이 투자자 소송에 전념할 수 있도록 든든한 버팀목이 되어주었습니다.

아들에게 아버지 김상원 변호사는 어떻게 보였을지 궁금했습니다. "아버지는 경기도 이천에서 빈농의 아들로 태어나 어렵게 농고와 농대를 졸업하셨습니다. 고등고시 사법과, 행정과 양과에 합격하신 뒤 오랫동안 판사로 봉직하셨습니다. 어려운 환경에서 자수성가하신 만큼 이마에 '근검절약, 성실'이라는 말을 붙여놓은 것처럼 빈틈없이 생활하셨습니다. 어린 시절, 합정동 작은 집에서 할아버지, 할머니, 삼촌, 이모 등 대가족이 어울려 살았습니다. 아버지가 귀가하시면 양반다리 책상에 꼿꼿하게 앉아 글쓰시던 뒷모습이 기억납니다."

김상원 판사는 1981년 전두환 신군부 정권이 들어서며 재임용에서 탈락했습니다. 국가관이 투철하지 않다는 이유에서였습니다. "임용 탈락 소식에 어머니는 크게 충격을 받으셨지만, 아버지는 흐트러진 모습을 보이지 않으셨습니다. 오히려 이를 계기로 변호사 생활을 하시면서 환경운동과 문화유산운동, 가나안 농군학교 지원 등 다양한 사회활동을 하셨습니다."

판사로 일할 때부터 1976년 유신헌법의 철폐를 주장한 '대학생 긴급조치 제9호 위반사건'에 무죄를 선고했고, 1978년 일조권을 처음으로 인정하는 등 시민과 약자를 위한 판결을 많이 했습니다. 대통령이 바뀌어 대법관으로 재임한 1988년에는 신세계백화점과 롯데쇼핑 등의 변칙세일 사기사건에서 주심을 맡아, 무죄를 선고한 원심을 깨고 파기환송해 소비자의 권리를 보호했습니다.

이런 성향을 물려받은 탓일까요. 김주영 변호사는 대기업의 횡포와 부정으로 피해를 본 소액투자자를 대변하는 변호사가 됐습니다.

"부모님은 제게 법대에 가라든가, 법조인이 됐으면 좋겠다는 말씀을 전혀 하지 않았습니다. 제가 고등학교 1학년 때 5·18민주화운동이 일어났습니다. 신군부에 의해 시민의 자유와 민주주의가 억압받는 상황이었지요. 그때 사회 선생님이 시국 얘기를 하시면서 '정치가 바로 서야 우리 사회가 발전할 수 있다'며 '정치해볼 사람은 손들라'고 했습니다. 갑자기 정의감과 공명심이 솟구쳐 제가 손을 번쩍 들었는데, 그때 선생님께서 정치를 하려면 법대에 가야 한다고 말씀하셨습니다." 그런 이유로 법대를 가긴 했지만 다행인지 불행인지 지금까지 정치권에 발을 담그지 않았습니다. '젊은 피'를 수혈하려는 정치권에서 총선 때면 여러 차례 러브콜을 보냈지만 모두 완곡하게 거절했습니다.

1980년대는 12·12쿠데타로 등장한 신군부가 각계에서 터져나온 민주화 열기를 폭력으로 진압하고, 이에 시민과 학생들이 조직적으로 저항한 현대사의 격동기였습니다. 대학가에서는 민주화를 주장하는 학생과 이를 진압하는 사복경찰 및 백골단의 충돌이 매일 빚어졌습니다. "어렵지 않은 집안에서, 그것도 강남에서 자랐으니 저도 아마 금수저였을 겁니다. 대학 입학 뒤 사회문제에 눈을 뜨면서 자연스럽게 이념 서클에 가봤는데, 여러 면에서 제 생각과 많이 다르더군요. 무엇보다 사법고시를 좋게 보지 않아 결국에는 나와 버렸습니다. 우여곡절 끝에 사시에 전념하는 소위 '밥대생'이 되었습니다."

그는 3학년 때 1차시험에 합격하고, 4학년 때 2차시험에 합격하는 모범 코스를 밟았습니다. 꼭 무엇이 되겠다고는 목표하지 않았고 우선 법률적인 실력부터 갖추자는 생각뿐이었습니다. '아는 것을 자랑하는 게 지식이라면, 모르는 것 앞에 겸손한 게 지혜'라는 말이 있듯이 지식보다는 지혜를 좇았습니다.

소송의 위력을 실감하다

인생은 우연한 기회에 전기를 맞습니다. 군법무관 시절 상관의 배려로 대학원에 다니게 됐습니다. 이때 박세일 교수에게 '법경제학'을 배우며 그는 인생의 진로를 찾았습니다. "사회정의나 경제적 평등의 문제를 막연한 추론이 아니라 통계와 수치를 통해 분석하고 해석하는 것에 매료됐습니다. 사법연수생 시절 딱딱한 법원의 분위기와 권위적인 검찰의 분위기에 실망하기도 했고요. 아버지와 다른 길을 가고 싶었고 넓은 세상에서 다양한 경험을 하고 싶었습니다." 그래서 판검사의 길을 포기하고 로펌 변호사가 되겠다고 말했을 때 아버지는 그의 선택을 전폭적으로 지지해줬습니다.

그는 김앤장에서 변호사 생활을 시작했습니다. 특출한 선배들이 대부분이었고 그들에게 많은 것을 배웠습니다. 외국기업의 합작투자와 국내기업의 법률자문이 그의 주된 업무였습니다. 대학원에서 법경제학을 접하며 관심을 가졌던, 법과 경제가 융합된 공정거래법과 회사법 관련 업무의 전문성도 쌓을 수 있었습니다.

이 무렵 대학원 시절 소개로 만난, 피아노를 전공한 부인과 결혼했습니다. 김앤장에서 인정받으려면 말 그대로 모든 것을 바쳐야 했습니다. 신혼이었지만 저녁도, 주말도, 낮도 밤도 없는 삶이었습니다. 아내에게 미안하기도 하고 무언가 돌파구가 필요했습니다. '풀브라이트 프로그램'에 지원한 그는 장학생으로 선발돼 시카고대 로스쿨을 마칠 수 있었습니다. LA에 있는 로펌 '윌리엄스 앤드 울리'에서 미국 법률시장의 실무연수를 받으며 훗날 증권 및 금융 관련 피해소송 전문변호사로 성장할 수 있는 발판을 마련했습니다.

유학 시절 또하나의 계기가 찾아왔습니다. 시카고에서 열린 미주유학생수련회에 참석했다가 서울대 손봉호 교수의 특강을 듣게 됐습니다. "사회적 약자를 보호하고 정의를 실천하는 것이 크리스천의 사명"이라는 연설이 그의 마음을 움직였습니다. 유학을 마치면서 그는 손봉호 교수에게 자원봉사활동을 하고 싶다는 편지를 썼고, 손 교수가 설립한 밀알복지재단의 일을 돕게 되었습니다. 그 당시 밀알재단에서는 발달장애어린이 특수학교 건립을 추진중이었는데, 주민의 반대로 난항을 겪고 있었습니다. 주민들은 장애인학교가 혐오시설이라며 공사중인 포클레인을 막고 몸싸움을 벌였습니다. 하지만 주무관청인 강남구청과 서울시교육청, 강남경찰서는 '나 몰라라' 뒷짐만 지고 있었습니다. 천신만고 끝에 서울시교육청에서 건축허가가 떨어졌지만 물리력을 동원한 주민들의 공사 방해는 더욱 거세졌습니다.

김주영 변호사는 고민 끝에, 법원에 '공사방해중지가처분신청'을 냈습니다. 장애인단체에서는 물리적 방해에 물리적 힘으로 맞서자고 주장했지만, 이를 만류하고 낸 소송이었습니다. 그런데 놀라운 일이 벌어졌습니다. 법원에서 열악한 장애어린이의 교육실태를 조목조목 지적하면서, 장애어린이의 교육권이 지역주민의 권익에 우선한다는 취지의 판결이 나왔습니다. 이 판결 내용이 언론에 알려지면서 반대하던 주민들은 자취를 감추었고, 같은 어려움을 겪던 전국의 많은 장애인시설들이 속속 건립되는 전기가 마련됐습니다. 이때 김주영 변호사는 소송이 갖는 위력을 새삼 실감했습니다.

"집단소송은 고난과 영광의 과정"

이 무렵 우리 사회에 누적되어 있던 경제, 인권, 노동, 환경 분야의 문제가 봇물이 터지듯 터져나왔습니다. 1997년 참여연대가 소액주주운동을 시작하자 그는 경제개혁센터 부소장을 맡아 소액주주의 권리 보호와 기업 지배구조 개혁운동에 동참했습니다.

"사실 저는 보수적 성향이라 참여연대라는 시민단체에서 일하기보다 참여연대에서 시작했던 '소액주주운동'의 자원활동가로 동참했습니다. 법조인으로서 법치주의를 확산시키는 데 기여해야 한다고 생각했기 때문입니다."

당시만 해도 기업의 지배구조와 윤리의식은 후진적이었습니다. 이사회와 주주총회는 서류상 혹은 형식적으로 열렸고 기업의 의사결정은 주주보다는 대주주 일가의 이익을 보호하는 데 집중됐습니다. 소액주주의 권리의식도 높아지고 공간에 상관없이 쉽게 소통 가능한 인터넷카페가 활성화되면서 김 변호사와 참여연대 경제개혁센터는 소액주주운동의 구심점 역할을 하기 시작했습니다.

이후 민주사회를위한변호사모임 경제정의위원회 위원장과 좋은기업지배구조연구소 소장을 잇따라 맡았고 그 과정에서 대우전자 소송에 이어 코오롱TNS 소송, ELS 소송 등 30여 개의 집단소송을 주도하면서 승소를 이끌어냈습니다. 이때부터 '개미들의 변호사'로 불리기 시작했습니다.

집단소송에 승소하면 어떤 기분인지 물었습니다. "집단소송은 고난과 영광의 과정입니다. 다수의 피해자에게 권리를 찾아준다는 보람도 있지만, 워낙 시간이 오래 걸려서 지치지 않고 버티는 것이 중요합니다. 배 띄워놓고 몇 년을 기다려야 하는데, 그렇다고 그냥 두어서는 안 되고 계속 노를 저어야 하니 고정비용이 많이 듭니다. 1, 2심에서 승소했더라도 3심에서 뒤집힌 경우 변호사가 모든 책임을 져야 하기 때문에 소송 기간 내내 노심초사할 수밖에 없습니다."

'아시아 스타 25인' '차세대 지도자'

김주영 변호사는 2003년 『비즈니스위크』에 의해 '아시아 스타 25인'에 선정됐습니다. 2006년에는 세계경제포럼 다보스회의에서 '차세대 지도자'로 뽑혔습니다. 한국 기업의 투명성을 높였을 뿐만 아니라 회사법과 공정거래법, 증권법 분야에서 한국 최고의 법률가라는 평가를 받았습니다. 그는 "더 겸손하고 최선을 다하라는 주문으로 받아들입니다"라고 말했습니다.

대한변협과 서울변협으로부터 여러 번 대법관 후보로 천거된 후, 2018년 대법관후보추천위원회에 의해 최종 3인으로 추천되기도 했습니다. 아버지에 이어 대법관이 될 수 있었는데 너무 아쉽다고 위로하자 "최종 선정되지 못했지만 판사 경력이 없는 순수 변호사 출신으로 대법관 후보에 올랐다는 사실만으로 큰 영광입니다. 딸이 셋인데 첫째가 변호사로 일하고 있습니다. 좋은 법률가가 되었으면 합니다" 하고 바람을 전했습니다.

푸르메재단의 발자취마다 새겨진 노고

그는 발달장애인학교로 인연을 맺은 밀알재단에서 2006년부터 이사로 활동한 데 이어 2017년 푸르메재단 공동대표로 취임해

장애인 권익 향상을 위해 노력하고 있습니다. 푸르메재단이 서울시 및 종로구, 마포구 등 지자체와 협약을 맺을 때나 여주에 발달장애청년들이 일하는 농장을 세울 때도 수많은 법률적인 문제를 맡아주었습니다. 법무법인 일만으로도 눈코 뜰 새가 없이 바쁠 텐데, 안 된다고 거절당한 적이 한 번도 없습니다. 푸르메재단 일이라면 언제든 최선을 다해 도와주고 있습니다.

푸르메재단은 2011년 신설된 과천장애인복지관을 과천시로부터 위탁받아 운영했는데 이를 시작으로 2012년 종로구에 푸르메센터 기부채납, 2016년 마포구에 어린이재활병원 기부채납을 했고, 2018년 서울시로부터 서울시립장애인복지관을 위탁받아 운영하는 등 지방자치단체와 긴밀한 관계를 유지해왔습니다.

그런데 관계를 규정하는 모든 것이 법으로 이루어졌습니다. 양해각서MOU나 계약서를 살피고 내용이 옳은지, 앞으로 이해충돌의 가능성이 없는지 등을 법률적으로 검토해줄 변호사가 필요했습니다. 그 역할을 김주영 변호사가 맡아주었습니다. 장애청년의 일터인 여주농장 푸르메소셜팜을 세우는 과정에서 필요한 농업인 지분 문제와 재단 대표자의 권한 분리에 따른 정권 변경 문제 등 현안이 발생할 때마다, 그는 관련 법률을 연구하고 사례를 찾아 대안을 제시해주었습니다. 푸르메재단이 지나온 발자취에는 김 변호사의 노고가 새겨져 있습니다.

3부

인생은 농사와 다르지 않습니다

　　장애인이 직업을 갖고 독립해 살아가는 게 장애인 복지의 최종적 목표일 겁니다. 좋은 일터, 일할 수 있는 직장이 자립 생활에는 꼭 필요합니다.

　　장애를 가진 아들을 위해 준비한 농장을 푸르메재단에 기부해, 발달장애청년 55명에게 좋은 일터를 만들어준 장춘순 여사의 이야기는 언제나 감동을 줍니다. 고액 기부를 약정한 뒤 5년 동안 50여 권의 책을 쓰고 전국을 누비며 받은 강연료와 원고료로 약속을 지킨 이정모 관장은 장애어린이의 든든한 후원자였습니다. '청계천 빈민의 성자'로 불린 일본인 노무라 할아버지는 빈민뿐 아니라 장애어린이의 힘이 되어주었습니다. 불광동 오 자매 집에서 태어나 어릴 때부터 가난을 경험한 방송인 이금희 씨는 KBS 〈아침마당〉을 통해 푸르메재단과 인연을 맺은 뒤 장애어린이의 든든한 후원 천사로 활동하고 있습니다. 시골 농부에서 유명 어린이교육 강사로 변신한 황보태조 선생님은 장애어린이와 가족의 아픔을 이해하게 되면서 기부를 실천했습니다. 한국 불교를 일으킨 성철 스님의 제자인 대종사 원택 스님은 이제 불교가 앞장서 어린이 사랑, 생명 존중의 사상을 높여야 한다고 주장합니다. 그림을 통해 민중의 삶과 자연과 공존해 살아가는 인간의 모습을 표현하고 있는 민정기 화백은 작품 기부를 통해 장애어린이에 대한 사랑을 보여주었습니다.

14

어머니의 위대한 유산

장춘순 여사

"살면서 가장 큰 축복은
우리 아이가 장애를
갖고 태어난 것입니다"

살면서 가장 큰 축복

"살면서 가장 큰 축복은 우리 아이가 장애를 갖고 태어난 것입니다. 아들 덕분에 이 자리에 서게 됐습니다. 10년 전 흙 묻은 돌에 불과했던 이 땅이 솜씨 좋은 세공사를 만나 푸르메소셜팜이라는 빛나는 보석이 됐습니다. 저는 이 농장이 장애인 가족들에게 희망이 될 것이라고 믿습니다."

목소리가 가늘게 떨렸습니다. 금방이라도 울음이 터질까 조마조마했습니다. 장춘순 여사가 인사말을 마치고 단상을 내려오자 이상훈 회장이 다가가 부인의 손을 잡았습니다. 행사장 내 분위기가 숙연해졌습니다.

남쪽으로부터 바람이 불어오더니, 유리온실을 짓기 위해 불도저로 밀어낸 4000평 벌판에 검은 흙먼지가 일었습니다. 2020년

10월 여주시 오학동 47번지, 발달장애청년의 일터를 짓기 위한 여주농장 '푸르메소셜팜' 착공식 현장이었습니다.

톨스토이의 소설 『안나 카레니나』(박형규 옮김, 문학동네, 2009, 11쪽)에는 "행복한 가정은 모두 고만고만하지만 무릇 불행한 가정은 나름나름으로 불행하다"는 말이 나옵니다. 겉으로는 평탄해 보여도 실제로 그렇지 않은 집이 많습니다. 장애를 갖고 태어난 아들 덕희 씨로 인해 어느 부부의 삶은 달라졌습니다. 첫딸을 낳은 후 5년을 기다려 만난 아들. 그런데 아들이 조금 이상했습니다. "백일이 되면 다른 아이들처럼 몸을 뒤집고 옹알이를 해야 하는데 전혀 미동이 없었어요. 조금 늦는다고만 생각했죠. 그런데 돌이 되도록 아이가 눈도 안 맞추고 떼도 안 쓰더라고요. 그제야 '아! 내 아들이 장애를 가졌구나' 하는 생각이 들더라고요."

30년 전만 해도 발달장애라는 개념조차 낯설 때였습니다. 처음에는 단지 아이가 남보다 행동이 조금 느릴 뿐이라고만 여겼습니다. '앞으로 세상을 살아가는 데 불편한 점이 많겠구나' 하는 정도였지요. 하지만 커갈수록 심각성이 느껴졌습니다. 아이는 자기 의사를 표현하고 또래 집단과 어울리기를 어려워했습니다. 부부간의 갈등도 커졌습니다. 아내는 괜히 남편이 원망스럽다가 점점 온 세상이 다 미워졌습니다. 그나마 남편이 미국 유학을 다녀와 시아버지가 세운 회사를 다니기에, 경제 상황이 그리 어렵지 않다는 것이 불행 중 다행이었습니다. 형편이 어려워 치료는 엄두도 못 내는 경우도 많으니까요. 그럼에도 아내는 아이가 커갈수록 점점 수렁으로 빠져드는 것 같았습니다.

재단을 운영하면서 장애아를 둔 부모들의 고민이 변해가는 모습을 봅니다. 아이가 어릴 때는 재활치료의 어려움과 비용을 걱정합니다. 그리고 아이가 커갈수록 성인이 된 이후를 고민합니다. 지금 재활치료를 잘 받더라도 성인이 되면 갈 곳도, 일할 곳도 없다는 현실이 닥쳐오기 때문입니다. 장애어린이의 부모님은 자신들이 없을 때 자녀들이 무방비 상태에 놓이는 상황을 무엇보다 두려워합니다. 특히 발달장애의 경우 타인에 대한 의존도가 80퍼센트가 넘습니다. 그래서 발달장애는 경중이 없고 모두 중증으로 분류합니다. 혼자 생활하기가 불가능한 관계로 아이들이 커갈수록 부모의 시름은 커질 수밖에 없습니다. 경제 사정과 관계없이 발달장애를 가진 자녀를 둔 부모라면 누구나 맞닥뜨리는 문제입니다. 아이가 성인이 되어 홀로 살아갈 수 있을까를 생각하면, 한없이 수렁으로 빠져드는 것 같다는 부모들이 많습니다.

그런데 자녀에게 일할 수 있는 기회가 생긴다면, 그것도 자신이 좋아하는 분야에서 일할 수 있다면 추후 독립이 가능한 최소한의 기반을 갖게 되는 것이지요. 직장을 다니며 사회성을 키우고 생활에 필요한 지식을 배울 수 있다면, 아이가 앞으로 살아갈 수 있겠구나 하고 기대를 품게 됩니다.

다른 부모들과 마찬가지로 아이의 미래를 고민하던 장 여사는 어느 날, 여주 땅을 떠올렸습니다. 건설회사 임원이었던 시아버지가 젊은 시절부터 차근차근 마련한 곳이었습니다. 60년 전 다방커피 한잔 값이면 경기도 외곽에서 땅 한 평을 살 수 있었다고 합니다. 시아버지는 커피를 줄이고 용돈을 절약해 모은 돈으로, 여주시 오학동에 2만 평이 넘는 땅을 구매하셨고, 돌아가실 때 자식에게 물려주었습니다.

부부는 성인이 될 아들이 가장 잘할 수 있는 일이 무엇인지 고민했습니다. 결론은 농사였습니다. 몸은 힘들지만 정성을 다해 작물을 키우는 농사는 정직하고 행복한 일이라고 생각했습니다. 누구나 현실을 직시할 수 있는 것은 아닙니다. 대부분 자기가 보고 싶은 현실만 보지만 부부는 달랐습니다.

장춘순 여사는 아이가 어린 시절에는 하루하루가 전쟁이었다고 합니다. 아들을 강하게 키우려면 자신이 먼저 강한 엄마가 되어야 했습니다. 장애를 이해하기 위해 늦깎이로 재활학과에 편입했고 대학원도 진학했습니다. 선진국에서는 장애아가 성인이 되기 전 부모가 어떤 준비를 하는지, 알아보려고 유럽의 장애인작업장과 네덜란드 농장을 찾아다녔습니다. 장애아가 농사지어서 괜찮을지, 농사를 짓는다면 어떤 농작물을 재배하는 것이 좋을지 확인하려는 계획도 있었죠. 유럽의 한 작업장에서 만난 청년은 빵을 만들기 위해 밀가루 반죽을 하고 있었습니다. 말랑말랑한 반죽을 만지며 행복해하는 그 청년을 보면서, 아들도 행복하게 농사를 지으면 좋겠다는 꿈을 품게 됐습니다.

우여곡절 끝에 시아버지로부터 물려받은 땅에 열다섯 동의 비닐하우스를 세웠습니다. 이곳에서 생활하기 위해 작은 컨테이너 집도 지었습니다. 당시 발전소와 대형선박에 들어가는 정밀계량기 제조회사를 설립한 남편은 몸이 두 개라도 부족했습니다. 이른 새벽이면 서울 사무실로 출근했다가 오후가 되면 서둘러 여주 집으로 퇴근하는 강행군이 이어졌습니다.

부부는 늦은 밤까지 농사일을 했습니다. 처음에는 표고버섯을 키우기로 하고 전국을 돌며 질 좋은 춘양목을 구해와 표고버섯 싹을 틔웠습니다. 수익성 좋다는 인삼의 수경재배도 시도했습니다. 하지만 도시 생활에 익숙한 부부에게 농사일은 마음처럼 쉽지 않았습니다. 밤늦도록 농업 관련 서적을 읽고 농업대학까지 다녔지만, 농사는 배우면 배울수록 어려웠습니다. 무엇보다 4000평 규모의 농장을 가족 세 사람이 운영하기가 점점 힘에 부쳤습니다.

"하루는 수확한 버섯과 인삼을 납품하기 위해 대형마트에 갔습니다. 주차장에서 짐을 내리는데 어린 주차관리 직원이 달려오더니 '차 빼라!'고 반말로 고함을 치더라고요. 마트에 납품할 농산

물이라고 여러 번 설명했지만 막무가내였습니다. 농작물 납품하는 사람을 이렇게 무시하는구나, 화도 나고 서러워 눈물이 났습니다. 내가 이런 대우를 받을 정도면 우리 아이는 앞으로 이 험한 세상을 어떻게 살아갈까 걱정됐습니다." 장 여사의 회고입니다. 부부는 시간이 지날수록 가족의 힘만으로는 농장을 감당하기가 어렵다는 사실을 절감했습니다. 판로를 찾지 못한 인삼은 타들어가는 속처럼 조금씩 뿌리부터 썩어갔습니다. 실패에 익숙해질 필요도 있었지만 결코 쉬운 일이 아니었습니다. 유머를 잃지 않고 묵묵히 버팀목이 돼주던 남편도 서서히 지쳐갔습니다.

'우리의 농장'에서 '모두의 농장'으로

그러던 어느 날 신문기사가 눈에 들어왔습니다. 푸르메재단에서 발달장애청년의 자립을 위해 스마트농장 건립을 계획하고 있다는 내용이었습니다. 푸르메재단이 어떤 곳인지 수소문해 알아봤습니다. 지인으로부터 투명한 재단이라는 애기를 들었고, 기사와 유튜브를 찾아보면서 신뢰할 수 있는 곳이라는 믿음이 생겼습니다.

"정부도 외면한 어린이재활병원을 시민들의 힘을 모아 건립했다고 들었어요. 남들이 가지 않은 길을 가고 있다고요. 이곳에 농장 터를 기부하면 누구보다 잘 지을 거라는 확신이 들었습니다."

부부는 그길로 푸르메재단을 찾았습니다. 남편 이상훈 회장이 먼저 이야기를 꺼냈습니다. "저희 아버지가 틈날 때마다 정성을 다해 나무를 심으셨어요. 가족의 손때가 묻은 곳입니다. 우리 아이 같은 친구들을 위해 좋은 일터를 만들어주세요."

당시 평당 150만 원 이상이 드는 유리온실과 부속 건물을 지으려면 큰 자금이 필요했습니다. 푸르메재단과 함께 농장을 지을 파트너를 찾다가, 여주와 이웃한 이천에 국내 최대 규모의 반도체공장인 SK하이닉스가 있다는 사실이 떠올랐습니다. 마침 SK는 최태원 회장의 주도로 환경 및 사회문제 해결, 투명경영을 기치로 한 ESG 정책을 강하게 추진중이었습니다. 발달장애인의 평생 일터인 농장을 지어 안정적으로 운영하는 것보다 더 의미 있는 ESG가 어디 있을까요.

SK의 사회공헌 책임자인 김동섭 사장과 박용근 부사장도 장애인 자립에 관심이 많았습니다. 새로운 사회공헌 모델을 찾던 두 사람이 푸르메재단과 의기투합하면서, 장애청년을 위한 스마트농장 건립 사업은 급물살을 타기 시작했습니다. SK하이닉스는 전체 농장 건립비 150억 원 중 삼분의 일에 해당하는 50억 원을 흔쾌히 기부해줬습니다. 국내 최초의 장애인 표준 사업장을 짓는 데 여주시와 한국지역난방공사도 동참해줬습니다. 이상훈·장춘순 부부의 감동적인 사연이 조금씩 알려지자 시민들의 참여도 늘어났습니다. 막연한 희망이었던, 장애청년들의 일터인 푸르메소셜팜 건립 사업은 점차 현실화되고 있었습니다.

푸르메재단이 구상한 농장은 온도와 습도, 햇볕을 자동 조절하는 사물인터넷IoT, 정보통신 기술을 접목한 유리온실로 된 첨단 스마트팜입니다. 노지에서 일하는 게 어렵기도 하지만, 특히 홍수와 가뭄 같은 자연재해로 인한 위험도 줄일 수 있다는 점에서 스마트팜을 계획했습니다. 무엇보다 생산성이 몇 배 높았습니다. 덕분에 청년들이 농사만 짓는 것이 아니라 자기들이 좋아하는 것을 배우고 취미 생활도 즐기면서 심리적인 안정과 학습을 병행하는 치유 농장, 즉 케어팜 형태가 가능했습니다.

변화와 자립을 이끄는 치유농업의 힘

몇 년 전 푸르메재단이 운영하는 과천장애인복지관에 한 어머니와 발달장애청년 아들이 찾아왔습니다. 어머니는 24시간 아들과 함께 지내기가 힘들다며, 낮시간 동안 아들이 복지관에서 지냈으면 했습니다. 그런데 복지관에 온 첫날부터 이 청년은 직원들에게 도전적으로 행동했습니다. 원하는 대로 되지 않으면 폭력적으로 돌변하곤 했습니다. 관장님은 "복지관을 찾아온 이용객이라 문제 삼을 수도 없고, 그렇다고 직원들에게 도전적 행동을 하는 것을 방관할 수도 없고, 큰일입니다" 하고 한숨을 내쉬었습니다.

그런데 몇 달 뒤 관장님이 흥분한 목소리로 전화를 했습니다.

"복지관에 정원 만드는 일을 시작했는데, 이 청년이 관심을 가지더니 새벽부터 찾아와 땀을 뻘뻘 흘리며 일하고 있어요. 돌을 고르고 씨앗과 꽃을 심는 모습이, 그렇게 폭력적으로 굴던 청년이 맞나 싶을 정도입니다. 집에서도 이제는 순한 양처럼 행동하고 저녁에 일찍 잠자리에 든다고 합니다."

청년들이 행복한 일을 하면 이렇게 변합니다. 다른 어떤 일보다 손에 흙을 묻히고 식물을 키우는 것이 심리적 안정과 즐거움을 준다고 합니다. 농사를 통해 스스로 행복해지는 치유농업의 개념입니다. 만약 생산량만 안정적으로 유지된다면 푸르메재단이 꿈꾸는 일자리농장의 모습이기도 합니다.

치유농업은 세계적인 농업권위자 네덜란드 바헤닝언대학의 얀 하싱크 박사가, 2007년 암스테르담 남동쪽 아른험에 세운 마린달케어팜에서 비롯됐습니다. 그는 "상처받은 도시인들이 멀지 않으면서도 자연 친화적인 환경에서 편안히 일하면서 스스로 안정감과 자존감을 가지는 것이 치유농업의 목표"라고 강조했습니다.

마린달케어팜은 지역환경단체가 소유한 1만 평 부지 위에 시민들의 모금을 통해 마련한 돈으로 축사와 상점, 사무실, 회의실이 들어선 농장을 세웠습니다. 지적장애인과 치매환자, 정신질환자, 뇌손상환자, 학교 생활에 적응하지 못한 고등학생 등 스물다섯 명이 매일 이곳으로 출근해 농사를 짓고 가축을 돌봅니다. 또 지역사회복지전문가, 지역주민, 농업전문가로 구성된 자원봉사자 사십 명이 이용객들과 함께 요리, 음악, 미술, 치매 돌봄, 정원 가꾸기 등의 프로그램에 참여하고 있었습니다. 이용료는 반나절에 35유로(약 5만 6000원). 이 비용은 우리의 바우처 제도와 비슷하게 지방정부에서 부담하고 있었습니다. 의사가 발급한 진단서를 가지고 구청이나 군청을 방문하면, 담당 공무원이 인터뷰를 한 뒤 농장 이용 기간을 결정한다고 합니다.

2018년 제가 이 농장을 방문했을 때 닭장 안에서 닭을 꼭 안고 있는 청년을 보았습니다. 지적장애를 가진 청년인데 매일 농장에 나와 동물을 돌보면서 정서적 안정을 찾는다고 합니다. 너무나도 행복해 보이던 그 모습이 아직도 기억납니다. 농장에서 행복하게 일하면서 점차 자립도 할 수 있다면, 청년뿐 아니라 부모님도 더없이 행복해지리라는 생각이 들었습니다.

방울토마토와 표고버섯

이상훈·장춘순 부부는 농장의 큰 방향을 결정하는 데에도 많은 도움을 줬습니다. 저희는 처음에 딸기를 재배할 생각이었지만 부부의 의견은 달랐습니다. 장 여사는 "수익성은 높을지 몰라도 딸기는 소근육, 손의 신경이 예민하지 못한 청년들이 따다가 짓무르기 쉽고 보관과 운송도 어렵습니다. 수확과 보관이 쉬운 품종을 선택해야 합니다" 하고 조언했습니다. 고민 끝에 손으로 잡아도 짓무르지 않고 당도와 식감이 높으면서 장기간 보관 가능한 방울토마토, 그리고 재배가 쉬운 표고버섯을 생산 품목으로 결정했습니다.

이상훈 회장은 "우리도 표고버섯을 재배해봤지만 하얀 주름인 백화가 얼마나 있느냐에 따라 상품성이 결정됩니다. 다른 곳에서도 많이 재배하는 만큼 기술력이 관건입니다" 하고 조언했습니다. 아들과 농사지으며 체득한 교훈인 만큼, 발달장애인의 장점을 최대한 발휘할 수 있도록 준비해달라고 주문하기도 했습니다.

농사 못지않게 중요한 것은 판로였습니다. 농장에서 생산된 방울토마토를 안정적으로 구매해줄 거래처가 없다면 농장 운영은 불가능하기 때문입니다. 이번에도 SK하이닉스가 선뜻 나서줬습니다. 생산된 토마토의 대부분을 이천 및 청주 공장에서 직원 간식용으로 구매하겠다고 약속한 것입니다. 나머지 분량은 대형 슈퍼마켓과 편의점을 운영하는 GS리테일에서 구매해주겠다고 나섰습니다. 안정적인 판로가 확보됐으니 이제 농장을 잘 지어 맛있는 토마토를 생산하는 일만 남았습니다.

푸르메소셜팜의 탄생

푸르메재단이 장춘순 여사로부터 4000평의 농장 부지를 기부받는 데 2년 가까이 걸렸습니다. 푸르메재단의 목적 사업이 장애인 치료이고, 농업을 목적으로 하는 비영리기관이 아닌 만큼 농지를 소유할 수 없다는 이유에서였습니다. 주무 부처인 보건복지부에 발달장애청년의 일자리와 농장의 필요성을 1년 넘게 설명했지만 요지부동이었습니다. 결국 방향을 바꿔 국세청을 설득한 결과 장애인이 일하는 영농법인을 세울 경우, 장애청년의 일자리를 위해 푸르메재단이 지원할 수 있다는 해석을 받았습니다.

이후 농장 설립은 급물살을 타게 됐습니다. 농장 부지를 기부하겠다고 결심한 장 여사에겐 길고 긴 기다림의 시간이었습니다. "세상에 나쁜 일만 있는 건 아닌가봐요. 농지도 쉽게 기부할 수 없다는 것을 깨달으면서 농장 부지뿐만 아니라 농장을 둘러싼 임야도 기부하겠다고 결심하게 되었으니까요." 그렇게 1년 반 넘게 준비한 끝에 영농법인 '푸르메소셜팜'이 세워졌습니다. 처음에 이야기했듯 농장 건물을 짓는 착공식에서 장춘순 여사는 감동의 눈물을 흘렸습니다.

1년 만에 1200평 규모의 유리온실이 문을 열었고 농장에서 일할 청년들도 순차적으로 선발됐습니다. 대부분 집이 여주였지만 이천과 양평에 사는 청년들도 있었습니다. 농장에서 일하기 위해 구미와 평택에서 이사한 청년들도 있었습니다. 입사시험은 면접과 실기로 나누어 치렀는데 경쟁률이 3 대 1을 넘었습니다. "길이 막혀서 출근이 늦었습니다" "화장실에 다녀올게요" 등 자신의 의사를 표현할 수 있는지 확인하는 구두시험, 그리고 토마토를 저울에 달 줄 아는지, 무게의 개념을 이해하는지 보는 실기시험이 진행됐습니다.

양평의 한 특수학교는 재학생이 합격하자 셔틀버스에 축하 플래카드까지 내걸었습니다. 농장 직원으로 선발된 청년 55명 중에는 여주의 보육시설에서 생활하던 청년 여섯 명도 포함됐습니다. 1988년 서울올림픽을 앞두고 서울 시내에 있던 보육시설을 대부분 경기도 외곽 지역으로 이전시켰는데, 여기서 생활하던 친구들이었습니다. 우리 농장에 입사해 월급을 받게 되자 여주시에서 이들에게 그룹홈 아파트 세 채를 제공했습니다. 직장을 갖지 못했더라면 평생 생활시설에서 못 벗어났을지 모릅니다. (현재는 여섯 명에서 열한 명으로, 그룹홈 아파트는 세 채에서 다섯 채로 늘어났습니다.) 푸르메농장에서 일하게 되자 꿈에도 그리던 내 집, 내 책상, 내 옷장을 갖게 된 것입니다. 취업이 독립 거주와 자립으로 이어진 좋은 사례였습니다. 이후 푸르메재단은 여주 시내에 우리 청년들을 위한 공동주택과 지원주택을 세우면 좋겠다는 꿈을 갖게 됐습니다.

"이 집에서 돈 버는 사람은 나밖에 없다!"

어느 날 재단 사무실로 소포 하나가 도착했습니다. "내가 인간의 여러 언어와 천사의 언어로 말해도 나에게 사랑이 없으면 나는 요란한 징이나 소란한 꽹과리에 지나지 않습니다." 정갈한 손글씨로 성경을 필사한 노트가 세 권 들어 있었습니다. 맨 앞장에는 손자와 친구들에게 새로운 삶을 열어줘서 감사하다는 손편지가 들어 있었습니다.

이상훈·장춘순 부부의 어머니인 당시 97세의 윤여영 할머니가 보낸 것이었습니다. 가톨릭 신자인 할머니는 손자가 일할 수 있는 농장이 세워지자, 감사하는 마음으로 매일 두세 시간씩 정성을 들여 성경을 필사했다고 합니다. 백 세 가까운 할머니가 매일 새벽 정성을 들여 글씨를 쓰는 모습을 상상하니 감동이 밀려왔습니다. 장애청년을 손자로 둔 할머니의 마음이 이토록 절박한 것임을 새삼 뼈저리게 느꼈습니다.

덕희 씨도 그렇게 55명의 다른 직원들처럼 어엿한 농장 직원이 됐습니다. 우수한 성적으로 입사한 그는 매일 판교에서 경강선 전철과 농장 셔틀버스를 타고 출퇴근합니다. 4대보험이 보장되고 최저임금 이상을 받고 있습니다. 장춘순 여사가 어느 날 저에게 행복한 표정으로 말했습니다.

"덕희가 출근하는 첫날 제 명의로 된 체크카드를 하나 줬습니다. 그런데 이날부터 카드 결제 알림음이 끊이지 않았습니다. 하루는 아들에게 '너! 오늘도 많이 샀지? 돈을 물쓰듯 해서 어떻게 할래?' 하고 야단쳤더니, 뜻밖의 대답이 돌아왔습니다. '내가 번 돈이

니 내가 알아서 쓸 거예요' 하고 말입니다. 살다보니 이런 날도 다 있구나 싶어 너무 행복했습니다."

처음에는 눈도 맞추지 못했던 청년들이 이젠 출근길에 만나 안부를 묻고 농담을 주고받습니다. 어머니께 용돈을 드리냐고 물으니 어떤 친구는 30만 원, 다른 친구는 10만 원이라고 자랑합니다. 옆에서 조용히 이야기를 듣던 청년은 "나도 앞으로 드릴 거예요!" 하고 소리칩니다. 매일 농장에 함께 출근하고 일하면서 사회성을 키우고, 직장에서 월급을 받으니 자존감이 정말 하늘을 찌릅니다.

2022년에는 농장 안에 카페 '무이숲'의 문을 열었습니다. 장애와 비장애, 인간과 자연이 다르지 않다는 뜻을 지닌 무이無異숲 카페에는 현재 열 명의 장애인청년들이 파티시에와 바리스타로 일하고 있습니다. 푸른숲과 글항아리, 위즈덤하우스, 길벗어린이 등 10개 출판사에서 3000권이 넘는 책을 기부해주어 여주시민과 고객들을 위한 도서관으로도 사랑받고 있습니다.

"가끔 농장에서 직원들에게 나눠준 방울토마토를 들고 덕희가 퇴근합니다. 토마토를 식탁 위에 내려놓으면서 '이 집에서 돈 버는 사람은 나밖에 없다!'고 유세하더군요. 매일 이런 모습을 바라보며 사는 것이 저의 행복입니다." 장춘순 여사의 이야기를 들으며 어머니의 유산이 얼마나 위대한 것인지 실감하게 됩니다. 덕희 씨가 독립해 혼자 살아가는 날이 어서 오길 장 여사는 꿈꾸고 있습니다. 장애인이 행복하면 모두가 행복합니다.

15

남들이 가지 않은 길을 가다

이정모 전 국립과천과학관장

"1억 원은 아깝지 않은
인생 수업료였습니다"

인간의 탐욕이 빚은 결과

"한반도가 설설 끓고 있는데 몇 도까지 올라갈까요? 이러다 지구가 멸망하는 것은 아닌가요?" 2024년 8월 경기도 여주의 수은주가 41.6도까지 올랐습니다. 말 그대로 살인적인 날씨입니다. 여주는 발달장애인청년들이 일하는 스마트농장 '푸르메소셜팜'이 있는 곳이기에, 기후를 걱정하지 않을 수 없습니다. 2024년 더위는 1907년 기상관측을 시작한 이래 117년 만에 최고 기록이라고 합니다. 이대로 가면 '최고 기온 50도'에 도달할 날도 머지않은 것 같습니다.

"기후변화의 근본적인 원인이 뭔가요? 이러다 정말 인간이 멸종하는 것은 아닐까요?" 조급한 질문에 이정모 관장은 냉정히 대답했습니다.

"인간의 탐욕이 빚은 결과입니다. 결론은 의외로 간단합니다. 지금 당장 '욕망이라는 이름의 전차'를 멈추든지, 아니면 현생 인류는 멸종하고 보다 나은 인류가 새로 탄생해 자연과 조화롭게 살아가면 됩니다. 이런 추세라면 2150년이 되면 인류가 멸종할 것으로 예측됩니다."

지구온난화와 사막화로 특징되는 기후위기의 끝이 인간 멸종이라니 참담합니다. 멸종까지는 125년밖에 안 남았습니다. 웬만큼 인생을 산 어른들이야 대수롭지 않을 수 있겠지만 앞길이 구만리 같은 어린이·청소년과 앞으로 태어날 아이들에게는 청천벽력 같은 소리입니다. 인간이 멸종한다니 현실이 너무 가혹합니다.

'지구온난화'가 아닌 '지구멸망화'

현재 이정모 관장의 공식 직함은 '펭귄각종과학관장'입니다. 2년 전 정년퇴직한 뒤 고양시 일산 백마역 건너편 상가 한편 작은 사무실에 연구공간을 마련했습니다. 이곳이 펭귄각종과학관. 그는 아침 8시가 되면 어김없이 출근합니다. 과학 원고를 쓰고 걸려오는 전화를 받고 그날의 일정을 정리합니다. 한겨레신문과 세계일보에 과학 칼럼을 연재하고 한 달에 절반 이상은 강연을 다닙니다. 2024년 말에는 전남 신안군에서 요청을 받아 보름 동안 신안군 내 7개 면사무소와 4개 초등학교를 돌며 환경과 과학을 주제로 강연했

습니다. 할아버지, 할머니와 면사무소 직원, 어린이와 교사를 대상
으로 한 행사였죠. 올해도 신안군 순회강연을 계획하고 있는데, 신
안군 외에도 매주 전국을 누비며 강연을 펼치고 있습니다.

　"46억 년 전 지구가 탄생한 이후 지금까지 다섯 번의 대멸종 사
건이 있었습니다. 소행성과의 충돌이나 화산 폭발이 주된 이유였
습니다. 지금으로부터 6600만 년 전 마지막 멸종 때도 화산 폭발,
그리고 거대한 운석과의 충돌이 원인이었지요. 이 사건으로 육지
에서 공룡이 멸종됐고 고양이보다 큰 동물들은 모두 몰살당했습니
다. 그 빈자리를 포유류와 조류, 특히 인간이 메우기 시작한 것이지
요. 지금까지 다섯 번의 대멸종의 원인이 자연과 우주 때문이었다
면, 여섯번째 위기는 인간에게서 비롯된 것입니다."

　기후위기의 근저에는 '더 편리한 것, 더 좋은 것, 더 비싼 것'을
추구하는 인간의 지칠 줄 모르는 욕망이 깔려 있습니다. 인간은 오
래전부터 자제력을, 자연은 자정 능력을 잃었습니다. 땅에 묻으면
토양이, 태우면 공기가, 버리면 바다가 오염됩니다. 옛날엔 남의
것을 가져가는 사람이 도둑이었지만 요즘은 버리는 사람이 도둑입
니다. 자연은 인간에게 폭우와 폭염, 가뭄, 태풍으로 맞서며 혹독
한 대가를 요구합니다. 이제 '지구온난화'라는 표현은 맞지 않는 것
같습니다. '지구소멸화'나 '지구멸망화'라고 해야 하지 않을까요.
이 관장에 따르면, 북극 빙하가 녹아내리고 범고래가 해안에서 떼

죽음당하는 현상은, 인간의 환경파괴 결과로 지구가 몸살을 앓고 있는 것이 아니랍니다. 그는 이를 인간 멸종의 전조로 받아들여야 한다고 강조합니다.

'과학을 이렇게 재밌게 얘기할 수 있다니!'

이정모 관장은 2023년 2월 국립과천과학관장에서 정년퇴직했습니다. 그는 안양대 교양학부 교수였지만 학교를 나와 서대문자연사박물관장으로 5년, 서울시립과학관장으로 4년, 그리고 국립과천과학관장으로 3년 등 12년 동안 박물관·과학관장으로 일했습니다. 그는 "이제 남은 어공(어쩌다 공무원) 자리는 미국 스미소니언 자연사박물관장"이라며 웃습니다.

웃는 모습을 보니 그의 볼이 홀쭉합니다. 최근 체중이 많이 줄었다고 합니다. 대학 시절 45킬로그램이던 체중이 5년 전에는 98킬로그램까지 치솟았습니다. 심장에 이상이 생기고 고혈압, 관절염이 시작됐죠. '이러다 큰일나겠다' 싶어 걷는 시간을 늘리고 그렇게 좋아하던 맥주를 줄였더니 체중이 72킬로그램까지 내려갔다고 합니다.

이정모 관장을 처음 만난 것은 10여 년 전 인문사회과학 서적을 출간하는 '부키출판사' 행사 자리에서였습니다. 부키출판사가 사옥 확장을 기념해 몇 사람을 초대했는데 그는 '기획위원' 자격으로 참석했습니다. 다른 출판사는 상업성이 없다는 이유로 장애 관련 책의 출간을 거절했지만, 부키출판사는 흔쾌히 선진국의 어린이재활병원과 발달장애인 이야기를 다룬 '푸르메 시리즈'를 출간했기에 저도 기꺼이 하객으로 참석했습니다.

당시 교수였던 이정모 관장을 보고 '과학을 이렇게 재밌게 얘기할 수 있구나' 싶었습니다. 짧은 만남이었지만 맛깔난 표현으로 과학을 설명하는 그의 모습에 감탄했습니다. 학창 시절부터 과학이라고 하면 지루한 암기 과목, 어려운 학문이었는데 그 편견을 그가 통쾌하게 깼습니다. 아마 중고등학교 시절로 돌아가 그에게 과학을 배웠다면, 과학에 관심을 가졌을 것 같습니다. 어쩌면 이과생이 되었을지 모른다는 생각도 들었습니다.

이정모 관장은 『과학이 가르쳐준 것들』 『저도 과학은 어렵습니다만』 『찬란한 멸종』 등 과학을 재밌게 설명한 책을 꾸준히 출간하고 있습니다. 이중 『찬란한 멸종』에서는 네안데르탈인과 매머드, 공룡, 범고래 등 이미 멸종했거나 멸종위기에 처한 생물들이 지구 위기와 자신의 멸종과정을 설명하고 있습니다.

멸종이 무슨 뜻인지 묻자 이런 답이 돌아왔습니다. "생명의 특징은 진화한다는 것입니다. 진화는 새로운 생명의 등장이지요. 새로운 생명이 등장하려면 누군가 자리를 비켜줘야 합니다. 그게 바로 멸종이지요. 흔히 멸종 하면 부정적인 이미지를 떠올리지만 새로운 생명 탄생의 찬란한 시작입니다. 현재 인류는 찬란한 멸종을 향해 치닫는 상황입니다."

우주의 나이 137억 살, 지구 46억 살, 호모사피엔스 30만 살…… 제가 시간의 크기와 거리를 가늠하지 못하자 그가 친절하게 설명해줬습니다. "지금까지 지구의 나이를 24시간이라고 가정해보세요. 생물이 처음 출연한 것은 4시 10분이고, 척수동물은 21시 33분, 공룡은 22시 48분, 그리고 인간은 불과 5초 전인 23시 59분 55초에 등장했습니다." 귀에 쏙 들어오는 비유였습니다.

'과학자'가 아닌 '과학커뮤니케이터'

그가 어떻게 과학을 전공하게 되었는지 궁금했습니다. "저의 고향은 파주입니다. 아버지가 파주 미군 부대에서 소방관으로 일하셨어요. 그러다가 전남 여수에 석유화학단지가 생기면서 외국계 기업들이 들어왔고, 영어를 할 줄 아는 아버지가 거기 새로 지어진 소방서에 지원하셨죠. 그렇게 여섯 살 때 여수로 내려갔다가 초등학교 4학년 때 동생과 서울로 올라왔습니다." 그가 어린 시절을 보낸 여수는 한려수도의 때묻지 않은 청정 지역이기도 했지만, 밤이 되면 휘황찬란한 불빛이 빛나는 산업시설이 가득한 별세계이기도 했습니다. 그곳에는 과학의 위용과 산업화로 인한 자연파괴의 그늘이 공존했습니다.

이 관장은 대학 원서를 쓰러 갔다가 우연히 고등학교 1학년 때 담임선생님을 만났습니다. 자신은 농촌 문제 해결을 위해 농대를 지원할 생각이었는데, 선생님이 갑자기 "정모야, 너 원예에 관심 있다고 했지? 그럼 생화학生花學과를 가라"고 권유했고 얼떨결에 생화학生化學과를 지원하게 됐다고 합니다. 그렇게 과학을 공부하기 시작했고, 대학원과 독일 유학 생활을 통해 '과학은 모든 것의 근원을 설명하지만 하나만이 진리라고 주장하지 않는다'라는 확신을 품게 됐다고 합니다.

그는 유명한 얼리버드입니다. 과학관에 근무한 12년 동안 새벽 6시 3분에 출발하는 전철을 타고 사무실에 도착해 오전 7시 15분부터 업무를 시작했습니다. 그의 화두는 늘 '어떻게 하면 박물관 업무를 효율화하고, 사랑받는 박물관을 만들 것인가'였습니다. "전시 기획은 제가 오기 전부터 잘해왔으니 직원과 전문가에게 맡기고 저는 다른 토끼를 잡는 데 집중했습니다. 바로 과학에 관심을 가진 어린이와 직장인이라는 두 마리의 토끼였죠. 어린이들이 흥미로워할 프로그램, 직장인이 관심 가질 만한 특강을 기획했습니다." 그의 노력에 힘입어 2003년 문을 연 서대문자연사박물관은 2022년 관람객이 589만 명을 넘어섰고, 13개에 불과하던 과학 강좌는 현재 531개가 운영되고 있습니다.

그에게 앞으로의 목표를 물었더니, 과학을 널리 알리는 거라는 답이 돌아왔습니다. 과학은 어려운 학문이 아니라 생활 속에서 응용할 수 있는 정보와 지식이고, 이를 보급하는 게 자신의 역할이라고 말입니다. 그래서 스스로 '과학자'가 아닌 '과학커뮤니케이터'라고 불러달라고 주문합니다. "침대는 과학이라는 광고처럼 21세기는 과학의 시대입니다. 지금까지는 인문학적 교양이 중요했다면 이제 과학적 지식과 교양이 필요합니다. 사람들이 과학에 흥미를 갖기 위해서는 과학이 더 쉽고 재미있게 설명돼야 합니다."

『로마인 이야기』로 잘 알려진 시오노 나나미는 고대 로마와 중세 이탈리아 도시국가를 배경으로 이십여 권의 역사소설을 썼습니다. 이 소설이 세계인에게 사랑을 받으며 그리스·로마와 중세 르네상스 역사에 대한 붐이 일어났습니다. 저는 로마 고대사와 중세사를 대중화하는 데 역사학자 백 명보다 시오노 나나미가 더 큰 역할을 했다고 생각합니다. 이정모 관장도 그런 역할을 하길 기대합니다.

사회문제에 눈을 뜨다

그는 대학에 입학해 사회문제에 눈을 뜨게 됐는데, 그후 종로에 있는 연동교회에서 9년 동안 야학교사를 했습니다. 비슷한 또래의 청계천 노동자들을 가르쳤다고 합니다. 어쩌면 친구가 됐을지 모르는 청년들이 장시간 노동과 저임금에 시달리는 모습을 보면서 학생운동에 뛰어들었고, 독일 유학을 다녀온 뒤에도 2년 동안 야학을 계속했습니다. 홀로된 장인을 돌아가시기 전까지 20년 동안 모시고 살았는데, 부부 금슬도 좋고 부인도 그를 극진하게 대합니다. 장인과 부인을 끔찍하게 생각하는 그런 마음이 자연스럽게 어린이에게로 이어졌을 것 같다는 생각이 들었습니다.

우연히 학창 시절 얘기를 하다가 고교뿐 아니라 대학까지도 저와 동창이란 사실을 알게 됐습니다. 독일에서 공부한 시기까지 같았으니 기이한 인연이 아닐 수 없었습니다. 우리의 인연은 자연스럽게 그가 맡은 과학관과 푸르메재단의 공동 사업으로 이어졌습니다.

이정모 관장은 서대문자연사박물관에 장애어린이와 가족을 위한 프로그램을 개설했습니다. 휠체어가 자유롭게 다닐 수 있도록 문턱을 없앴고, 시각장애어린이를 위한 특별전을 기획했습니다. "처음에는 휠체어를 탄 꼬마들을 위한다고 생각했는데 과학관의 문턱이 사라지자 노인과 유모차 관람객이 늘어났습니다. 그동안 전시라고 하면 눈으로만 관찰하는 것이었는데 아이들을 위해 '만지는 전시회'를 신설했습니다. 시각장애어린이들이 암석과 박제된 동물을 손으로 만지며 '아! 표범이 이렇게 생겼구나' '털이 뻣뻣하구나' 하며 행복해하던 모습을 잊지 못할 것 같습니다."

과학관 로비에 설치된 회오리모금함도 어린이들에게 장애에 대한 이해와 어린이재활병원의 필요성을 알리는 데 크게 기여했습니다. "회오리모금함에 동전을 던지면 아래로 내려갈수록 속도가 빨라지는데 보고 있으면 무척 흥미로워요. 케플러법칙이지요. 아이들이 놀이하듯 재미로 동전을 넣습니다. 모금함 옆에 쓰인 어린이재활병원 건립이 필요하다는 문구도 처음엔 보이지 않겠지만, 자꾸 하다보면 그 의미를 깨닫게 되겠지요. 아이들이 삶 속에 스며들듯 자연스럽게 기부하는 법을 배워야 한다고 생각합니다."

1억 원의 인생 수업료

2017년 이정모 관장을 푸르메재단의 고액기부자 모임 '더미라클스'의 조찬강연에 초대했습니다. 화상으로 장애를 갖게 되었지만 고통을 이겨내고 이화여대 교수가 된 이지선 홍보대사가 강연하던 날이었습니다. '삶은 선물이다'라는 제목의 강연은 장애어린이의 재활과 장애청년의 자립 필요성을 역설한 내용이었습니다. 이 교수는 '인생은 동굴이 아니라 끝이 보이는 터널이고, 이를 위해 장애어린이의 재활치료가 가장 중요하다'고 강조했습니다.

강연이 끝난 후 이정모 관장님은 "푸르메재단이 병원을 짓겠다고 했을 때 많은 사람들이 무모하다고 여겼지만 저는 의심한 적이 없습니다. 실제로 병원이 지어진 뒤 가보니 건물이 너무 예쁘고 치료받는 어린이들도 행복해하더군요. 이런 병원이 전국 곳곳에 세워지면 좋겠습니다"라고 말했습니다.

그리고 얼마 뒤 이 관장은 푸르메재단에 1억 원 기부를 약정했습니다. 그리고 '더미라클스'의 스무번째 회원이 되었습니다. "이지선 교수님의 강연을 듣고 바로 천만 원을 기부했어요. 그런데 어디서 이야기가 와전됐는지, 제가 1억 원 기부를 약정했다고 언론에 보도되었더라고요. 지인들에게 신문기사를 잘 봤다고 연락이 왔습니다. 교회 목사님은 예배 시간에 대단하다고 저를 칭찬하셨고, 친구들도 '너는 10년간 술값 내지 마라'며 어깨를 쳐주니 별수 있나요. 어떻게든 기부해야겠다고 다짐했습니다."

이 관장은 5년 만에 기부 약속을 지켰습니다. 대학을 다니는 두 딸을 비롯해 가족의 생활비로 써야 하니 월급을 손댈 수는 없었고, 대신 강연료와 책의 인세로 기부금을 만들었습니다. 얼마나 치열하게 살았으면 단독 저서 28권, 공동 저서 49권, 번역서 37권 중 절반 이상을 이 기간에 썼습니다. "기부 약속을 지키느라 지난 5년간 가장 많은 강연을 하고 치열하게 산 것 같습니다. 과학관장 업무에도 충실해야 했기에 아침 7시 15분에 출근해 기관장평가에서 매년 최고 S등급을 받을 만큼 열심히 일했어요. 돌이켜보면 푸르메재단에 약속한 '1억 기부'가 제 인생에서 가장 값진 배움이었습니다. 10개 신문에 칼럼을 쓰고 매달 책을 내고 강연을 하면서 제가 앞으로 어떻게 살아가야 하는지 깨달았거든요. 1억 원은 아깝지 않은 인생 수업료였습니다."

이 관장은 퇴임 직전 더미라클스 회원들과 푸르메 소셜팜을 찾아 봉사활동을 했습니다. 2021년 처음 지어졌을 때와 비교해 훨씬 정돈된 농장을 보고 깜짝 놀랐다고 합니다. "지난번에는 발달장애 자녀를 키우는 사무관과 동행했어요. 직원인 발달장애청년과 토마토를 따며 그의 이야기를 들었죠. 사무관에게 '아이를 평생 데리고 살 수는 없다. 언젠가는 부모 품에서 떠나보내야 하는데, 너무 겁먹지 마라. 이런 일터가 많이 만들어지면 되지 않겠느냐'고 말했어요. 저희 직원도 여기서 일하는 청년들의 모습을 보고 깊은 인상을 받았다고 합니다."

이어서 그는 이런 말을 했습니다. "푸르메재단의 역할은, 누구도 불가능할 것이라고 말했던 어린이재활병원을 짓고, 일하기 어려울 것이라고 여겨지던 발달장애청년들을 위한 스마트팜을 지은 것처럼 남들이 가지 않는 길을 가는 것입니다."

그는 여전히 바쁩니다. 신문 기고, 강연, 책 저술 등으로 24시간이 부족할 정도입니다. 그가 과학을 보급하는 과학커뮤니케이터로 크게 성공하길 기대합니다. 푸르메재단처럼 그도 남들이 가지 않은 새로운 길을 가고 있기 때문입니다.

16

한국인보다 한국을 더 사랑한 일본인

고 노무라 모토유키 할아버지

"장애청년들이 행복하게
일할 수 있는 이곳이
바로 천국입니다"

여름날의 부고

우리나라 기상관측 이래 가장 긴 열대야로 한반도가 설설 끓던 2025년 여름날 아침, 일본에서 이메일이 한 통 도착했습니다. 노무라 모토유키 목사님의 아들 마코토 씨의 편지였습니다.

오늘 새벽 2시 40분 아버지가 돌아가셨습니다. 병원에서 잠든 채 호흡을 멈추신 것 같습니다. 아버지가 한국분들의 도움으로 기쁘게 일할 수 있어서 감사합니다. 지금쯤 안타까워하셨던 북한 어린이들을 만나러 가고 계실 것 같습니다. 유해는 내일 화장합니다. 어머니는 안정적입니다. 저희 집 근처 요양시설로 모시려고 합니다. 법률적인 절차와 집 정리가 끝나는 대로 방한하려고 합니다.

한국인보다 한국을 더 사랑하셨던 노무라 할아버지가 돌아가셨다는 부고였습니다. 할아버지가 악성 림프종 진단을 받고 입원했다는 소식을 듣고 가을에 한번 찾아뵈어야지 마음먹었는데 기다려주시지 않았습니다. 이튿날 아드님에게 "아버지의 유언에 따라 별도의 장례식은 갖지 않고 오늘 유해를 화장했습니다. 바람대로 일본의 강과 바다에 뿌린 뒤 유해의 일부는 아버지가 사랑하셨던 한국 청계천에 흘려보내고 싶습니다"라는 편지가 왔습니다.

노무라 할아버지는 10여 년 전 당신 집에서 바라보는 하늘이 한국과 일본을 오가는 비행기의 항로라며, 당신은 매일 한국행 비행기를 바라보면서 남북한을 그리워한다고 말했습니다. 매일 두 가지 제목으로 기도를 올린다고 고백했습니다. 과거 일본이 저지른 범죄를 한국민과 북한 주민이 부디 용서해달라고 간구하는 기도, 그리고 죽어서도 한국에 뼈를 묻고 싶다는 기도를 올린다고요. 한국은 하느님이 당신에게 맡기신 소명의 땅이기 때문에, 한국 어디에라도 묻힐 수 있다면 더이상 바랄 것이 없다고 했습니다.

약한 존재를 배려하는 삶

오래전 노무라 할아버지의 댁을 방문했을 때가 기억났습니다.

"아! 드디어 왔어요" 며느리 미나 씨가 속삭였습니다. 큰 여우 한 마리가 흰 눈을 밟고 조심스럽게 마당 한가운데로 들어섰습니다. 황금색의 탐스러운 털을 가진 여우였습니다. 여우는 신중하게 주위를 살피며 한 발 한 발 다가오더니 바위 위에 놓인 고기를 덥석 물고 숲으로 사라졌습니다. 조금 뒤 다시 모습을 드러낸 여우는 남은 고기를 모두 먹어치운 뒤 '할아버지! 오늘도 잘 먹고 갑니다'라고 인사하듯 꼬리를 살랑살랑 흔들며 숲으로 걸음을 옮겼습니다.

노무라 모토유키 할아버지와 요리코 할머니가 사는 집 마당에서 매일 벌어지는 일입니다. 집은 도쿄에서 서남쪽으로 200킬로미터 떨어진, 고랭지 채소로 유명한 야마나시현 호쿠토시의 산속에 있습니다. 1년 중 절반 이상이 눈으로 덮여 있는 곳이지요. 우리나라 대관령이나 오대산 자락이라고 생각하면 됩니다. 2500미터가 넘는 고봉이 병풍처럼 집을 감싸고 있고, 집 정면에는 후지산이 떡하니 버티고 있습니다. 청명한 날 우뚝 선 후지산의 모습은 정말 장관입니다.

할아버지는 그해 큰맘 먹고 사륜구동 중고차를 샀습니다. 집에 찾아오는 야생동물들의 먹이를 사러 가기 위해서입니다. 매주 금요일 오후 그는 10킬로미터가 넘는 눈길을 달려 읍내 정육점에 갔습니다. 그리고 여우와 너구리에게 줄 닭고기와 돼지 비계를, 사슴에게 줄 옥수수 등을 샀지요.

생명의 위협까지 받으며 한국을 사랑하는 이유

제가 할아버지를 방문한다는 전갈을 받고 마코토·미나 부부가 300킬로미터가 넘는 길을 달려왔습니다.

노무라 할아버지와 반갑게 인사를 나눈 뒤 시골 생활이 어떤지 물었습니다. "불편한 것이 많지만 자연에서 동물과 교감할 수 있어 행복합니다. 젊은 시절 수의학을 공부했기 때문인지 동물에 더 애정이 갑니다. 지금도 큰 개 두 마리를 키우고 있지요. 한 마리가 캐논카메라의 광고모델로도 유명한 폴리이고, 다른 한 마리는 은퇴한 시각장애인 안내견 몰리입니다." 현관에 들어설 때 달려나와 반갑게 꼬리치던 흰색 래브라도리트리버가 폴리였나봅니다.

"어느 날 개 보관소 직원이 '좋은 개가 있는데 키워달라'고 했습니다. 이제 나도 너무 늙어서 어렵다고 말했더니 그 개도 너무 늙었고, 그래서 주인에게 버려졌다고 하더군요. 하지만 당신처럼 착하다고요. 그 말을 듣고 키우게 됐습니다. 제가 버려진 개들을 돌본다는 소문이 나면서 도쿄에서 유기견 일곱 마리를 트럭에 실어 보낸 사람도 있었습니다. 지난 25년 동안 버려진 개 이백여 마리가 이 집에 들어와서 편안히 살다가 마당 한쪽에 나란히 잠들어 있습니다."

제가 갑자기 노무라 할아버지 댁을 방문하기로 결심한 것은, 일본 극우세력이 그를 위협한다는 소식을 들었기 때문입니다. 2012년 서울 일본대사관 앞에 정신대 할머니를 상징하는 소녀상이 세워지자, 할아버지는 한걸음에 달려왔습니다. 일제의 만행을 공식적으로 사과할 기회라고 생각하셨던 거죠. 소녀상을 찾은 할아버지는 "꽃다운 나이에 청춘을 짓밟힌 할머니께 용서를 구한다"고 눈물을 흘린 뒤 플루트를 꺼내 들고 가곡 〈봉선화〉를 연주했습니다. 애잔한 선율이 울려퍼졌고 한국의 언론에서 앞다퉈 이 소식을 전했습니다. 할아버지의 참배 소식은 외신을 통해서도 퍼져나갔고 이때부터 일본 극우파의 위협이 시작됐습니다.

"이메일을 열어보면 나쁜 말이 가득했습니다. 시도 때도 없이 욕설을 퍼붓고, 가만두지 않겠다고 협박하는 전화가 걸려왔고요. 최근에는 직접 집까지 찾아와 위협한 사람도 있어서 외출을 삼가는 중입니다." 할아버지의 낯빛이 어두워졌습니다.

생명의 위협까지 받으면서 왜 이토록 한국을 사랑하시냐고 물었습니다. "다섯 살 정도 됐을까요. 동네 꼬마들이 우물물을 긷고자 온 한국 여성에게 '한국에서는 돼지가 꿀꿀거리는 소리가 들리네……' 하는 노래를 부르며 놀리는 모습을 목격했어요. 교토의 가난한 동네였기 때문에 가난한 한국인이 많이 살았는데, 그들은 멸시의 대상이었습니다. 한국 아이들은 대부분 학교에 가지 못하고 일해야 했습니다. 그중 국민학교에 다닌 건 두 명뿐이었는데 하루는 일본 아이들이 이들을 에워싸고 '한국인은 돼지다. 너희 나라로 돌아가라'고 위협하는 모습을 보고 몹시 부끄러웠습니다. 전쟁 때는 일본이 고무 산지 말레이시아를 점령한 기념으로 선망의 대상이었던 고무공을 하나씩 나눠줬는데, 그때 한국 아이에게는 주지 않았습니다. 나중에 도쿄수의축산대학(현 니혼대학 농수의학부)에 입학해 한국 순천에서 유학 온 김오남을 만났는데, 그때 일제가 한국인들에게 어떤 만행을 저질렀는지 듣게 됐습니다. 기회가 온다면 일본의 잘못을 사과하고 한국인을 위해 일하겠다고 결심했습니다.”

양심적인 지식인이었던 부모님에게도 영향을 받았습니다. “저의 어머니 노무라 가스코 여사는 여성운동을 하셨습니다. 아버지 노무라 지이치는 도시샤대학 행정학 교수로 도시 빈민과 노동자를 대상으로 사회복음운동을 했던 목사였고요. 어머니는 나중에 신학을 공부해 일본 여성운동과 소비자운동을 이끌었습니다.” 실제로 가스코 여사는 1993년 일가상을 수상했고, 일본 여성 최초로 2005년 노벨평화상 후보에 오르기도 했습니다.

한국인을 더 이해하게 되다

1931년 교토에서 태어난 노무라 할아버지는 부모님 손에 이끌려 교회를 다니면서 자연스럽게 기독교 신앙을 갖게 됐습니다. 그러다 여섯 살 되던 해 아버지가 후두결핵으로 돌아가시자, 그의 삶은 요동치게 됩니다. 어머니가 신학을 공부하러 떠나면서 아들과 딸을 각각 도쿄의 외갓집과 외삼촌 집에 맡긴 거지요. 외갓집은 형편이 어려워 할아버지는 소풍 때 도시락을 싸가지 못했답니다. 그 뒤 어렵게 대학에 입학했지만, 패망 이후라 자원이 부족해 마취도 하지 않고 동물을 해부하는 모습에 충격을 받았고, 사람들이 굶어 죽어가는데 수의학을 공부하는 것은 사치라고 생각해 자퇴를 결심했습니다.

이후 그는 우여곡절 끝에 신학을 공부하러 미국 유학을 떠나게 됩니다. 하지만 생활비와 장학금이 끊기면서 굶는 날이 많아졌습니다. 주일이 돼야 겨우 교회에 가서 밥을 얻어먹을 수 있었습니다. 하루는 교회 문을 열고 들어가자, 덩치가 큰 미국인이 "이곳은 '잽스Japs, 쪽발이'를 수용하는 곳이 아니야, 어서 꺼져" 하고 그의 목덜미를 움켜쥐더니 문밖으로 내던졌습니다. 이후 더 많은 인종차별을 경험하면서 그는 일제강점기와 한국전쟁으로 고통당한 한국인을 더 이해하게 됐습니다.

청계천 빈민의 성자

미국에서 신학대와 대학원을 졸업한 뒤 목사가 된 할아버지는 귀국하면서 두 가지 결심을 했습니다. 첫번째는 가난한 사람을 위해 가정교회를 열겠다는 것이었고, 두번째는 예수의 가르침을 몸소 실천하겠다는 것이었습니다.

청년 노무라 목사는 1968년 한국 선교단체의 초청으로 그토록 꿈에 그리던 한국 땅을 처음 밟게 됩니다. 1973년에는 한국 도시산업선교회의 초청으로 부인 요리코 여사와 초등학생이던 아들 마코토, 딸 메구미를 데리고 한국을 방문합니다. 그때 가장 먼저 찾은 곳이 경기도 화성의 제암리였습니다. 3·1운동 당시 만세를 불렀다는 이유로, 주민 삼십여 명을 교회에 몰아넣은 뒤 총을 쏘고 불을 질러 살해한 일제 만행의 현장이었습니다.

노무라 가족은 청계천에서 쫓겨난 철거민들이 보금자리를 만들던 남양만을 찾아가, 이들과 함께 구슬땀을 흘리기도 했습니다. 어린 시절 한국을 두 번 방문했던 마코토 씨는 이렇게 말합니다. "제암리와 청계천을 둘러본 기억 때문에 대학에서 사회복지학을 공부했습니다. 현재는 정신장애인 시설에서 일하고 있습니다. 3·1운동의 현장 탑골공원을 방문한 날 한국 노인이 '일본인이 이곳에서 얼마나 나쁜 일을 저질렀는지 똑똑히 기억하라'고 말씀하셨던 일이 생생합니다."

노무라 목사는 이듬해 다시 한국을 방문했습니다. 이번에도 찾은 청계천 빈민가는 생지옥이었습니다. "한 가정을 방문했더니 창문도 없는 조그만 방에 열 살쯤 되어 보이는 소녀가 누워 있었습니다. 옷을 들춰보니 살이 썩어들어가고 있었고 뼈가 드러난 허벅지에서 구더기가 들끓는데도 방치되어 있었습니다." 그는 동네 청년들과 소녀를 들쳐업고 병원을 찾았지만, 소녀는 끝내 숨졌습니다.

청계천의 참상을 목격한 그는 여기 사람들을 돕기로 결심합니다.

"마을 앞 공중변소에는 매일 아침 사람들이 길게 줄을 섰습니다. 비가 조금이라도 오면 청계천이 범람해, 화장실 오물이 길가로 넘쳐흘렀습니다. 장마철 판잣집들이 물에 잠긴 뒤에는 어김없이 전염병이 나돌았고요. 사람들이 악취와 오물, 소음 속에서 살아갔지만, 한국 정부는 물론이고 인근에 있던 대형 교회들도 거들떠보지 않는다는 사실에 분노했습니다. 청계천은 인분과 쓰레기로 가득찬 거대한 콜타르와 같이 흘러갔지만, 그 옆에는 고층빌딩이 날마다 올라가고 있었습니다."

그곳에서 청년 제정구가 빈민운동을 하고 있었습니다. 낮에는 뚝방촌 넝마주이가 되어 청년들과 폐품을 주우러 다녔고, 밤에는 야학을 열어 글을 모르는 사람들을 가르치며 더 나은 사회를 고민하고 있었습니다.

그에 대한 기억을 물었습니다 "제정구는 한 번도 금전적으로 도와달라는 얘기를 하지 않았습니다. 그저 어떻게 하면 소외되고 가난한 사람들이 희망을 가지고 살아갈 수 있는 사회를 만들 수 있을지 고민했습니다. 제정구는 가난한 사람들을 위해 모든 것을 바쳤던 사람입니다." 노무라 할아버지는 청년 제정구를 '타협을 모르는 원칙주의자였지만 사람들의 이야기를 경청하며 미소를 잃지 않던 사람'이라고 떠올렸습니다.

그는 서재에 있던 수백 권의 앨범 중에서 청년 제정구의 사진을 찾아내 보여주며 "지금도 존경하고 그리운 친구"라고 했습니다. 사진 속 서른 살의 제정구는 딸 '아름이'를 무릎에 안고 활짝 웃고 있었습니다.

노무라 할아버지는 청계천뿐 아니라 동대문 평화시장 안 봉제공장도 찾아 열악한 환경에서 일하고 있는 노동자들의 모습을 담았습니다. 생활비를 아낀 돈으로 일주일에 평균 필름 열 통이 넘는 사진을 찍었습니다. 2005년 청계천과 동대문 외에도 전국을 돌며 찍은 사진 중 문화재로 가치가 있는 2만 점의 사진을 그는 서울시에 기증했습니다.

청계천에는 제정구뿐 아니라 선교활동을 하던 K목사도 있었습니다. "활빈교회에서 그를 처음 만났을 때 낮은 곳에서 가난한 사람을 위해 일하는 모습에 감동했습니다. 빈민선교에 관심을 가졌던 저는 어떻게든 그를 도와야겠다고 생각했습니다. 그래서 그가 구호자금이 필요하다고 말했을 때 일본과 미국, 서독, 호주 등 외국을 오가며 오십여 차례 모금한 돈과 교회 간증을 통해 모은 기금을 전달했습니다. 저는 중앙정보부의 요시찰 대상이었습니다. 한국 사람들은 저를 독재정권이 고용한 외국 스파이라고 의심했고, 한국

정부는 불온한 사상을 가진 외국인이라고 저를 감시했지만 옳은 일을 하기에 상관없었습니다. 그런데 시간이 지날수록 K목사의 요구가 점점 커졌습니다. 수신자 부담으로 매일 저에게 국제전화를 걸어서는 중앙정보부로부터 협박받고 있으니 돈을 부치라고 강요했습니다. 때로는 카메라나 전기면도기를 보내달라고 했습니다. 하나부터 열까지 금전적인 요구였습니다. 청계천에 탁아소를 짓겠다고 해서 서독으로 날아가 교인들을 설득해 탁아소 건립기금을 모아 보냈지만, 그는 탁아소 대신 교회를 지었습니다. 뉴질랜드 소가 필요하다고 해서 또 돈을 보냈지만, 그는 부동산에 투자해 모두 날렸다고 했습니다."

분노를 참지 못한 할아버지의 목소리가 갈라졌고 손이 떨렸습니다. 가난한 사람을 위해 일했던 K목사가 왜 갑자기 변한 것일까요. "아마 처음부터 그런 사람이었는지 모릅니다. 자신의 활동이 알려지고 외국에서도 주목받으면서 변했을지도 모르고요. 칭찬과 박수는 사람을 타락시킵니다. 돈 잃은 것은 억울하지 않지만, 믿었던 사람에게 배신당하고 사람들의 신뢰를 잃은 것은 너무 고통스러운 일입니다." 할아버지의 눈빛이 흐려졌습니다. 그가 추운 산골에 사는 이유도 젊은 시절 도쿄 집까지 팔아 K목사를 지원했기 때문입니다.

대를 이은 한국과의 인연

K목사로 인해 끊긴 한국과의 인연은 『행복은 성적순이 아니잖아요』의 작가 임정진 선생에 의해 30년 만에 이어졌습니다. 임정진 선생은 노무라 할아버지가 찍었던 1970년대 사진을 소재로 동화책을 쓰고 싶다고 연락했습니다. 할아버지는 그를 여러 차례 만나면서 한국에 대한 애정이 되살아났습니다. 2009년 푸르메재단을 처음 방문한 것도 임 선생의 소개 덕분이었습니다. 어린이재활센터와 장애인전용치과를 작은 재단이 운영한다는 이야기를 듣고 "꼭 가보고 싶다"고 해서 이루어진 것이지요.

치료실을 찾은 할아버지는 "한국 대형 교회에는 하느님이 없는데, 이곳에 오니 하느님이 살아계신다는 것을 실감한다"며 아이와 함께 온 부모의 손을 잡고 "당신의 고통을 하느님께서 아시니 포기하지 말고 아이를 잘 키워달라"고 당부했습니다. 푸르메재단을 떠나면서 한국에서 쓰려던 여비를 탈탈 털어주셨습니다. 그뒤로도 할아버지는 한국에 올 때마다 생활비와 용돈을 모아 재단에 전달했습니다.

얼마 후 푸르메재단이 중증장애인 생활시설을 찾아가 치과봉사활동을 한다는 소식을 듣고 이번에는 아들 마코토 씨 내외가 한국을 찾아왔습니다. 전날 저녁 서울에 도착했던 이들은 치과봉사를 하는 내내 쉬지 않고 환자의 입안에 손전등을 비추고 치과도구를 소독하며 도왔습니다. 하루만 묵어가라고 간곡히 만류했지만 이들은 그날 밤 한국을 떠났습니다. 그 아버지에 그 아들이었습니다.

제1회 APA의 주인공

평생 박애정신을 실천한 노무라 할아버지는 2015년 처음으로 제정된 '제1회 아시아 필란트로피 어워드APA'의 주인공이 되었습니다. APA는 한국의 비영리활동가 백 명이 사명감과 열정으로 사회문제 해결을 위해 노력해온 아시아의 숨은 영웅을 발굴하고 그 활동을 알리기 위해 마련한 상입니다. 1회 수상자로 노무라 할아버지가 선정된 것은 어찌 보면 당연한 일이었습니다.

2022년 11월 노무라 할아버지가 마지막으로 한국에 방문했을 때의 일입니다. 할아버지를 모시고 발달장애청년들이 일하는 여주농장 '푸르메소셜팜'에 갔습니다. 청년들이 열심히 일하는 모습을 보고 감동한 그는 "사회적 약자로서 살아갈 날이 많은 장애청년들이 행복하게 일할 수 있는 이곳이 바로 천국입니다"라고 말씀하셨습니다.

할아버지에게 남은 소원이 무엇이냐고 물었습니다. "마지막 바람이 하나 있다면, 어릴 때부터 한국의 가난한 사람들을 보고 자란 마코토가 앞으로 한국의 장애어린이를 위해 봉사하며 살아갔으면 합니다. 며느리 미나도 때마침 장애인치과에 다니고 있어 너무 잘

된 일입니다." 환하게 웃는 할아버지의 모습에서 1968년 한국 땅을
처음 밟았던 청년 노무라가 겹쳐졌습니다.

장애어린이의 후원 천사

이금희 아나운서

“무엇보다 어린이가 아픈 것은
참지 못하겠더라고요”

"어린이가 아픈 것은 참지 못하겠더라고요"

방송인 이금희 씨와 푸르메재단의 인연은 꽤 오래전으로 거슬러올라갑니다. 그녀가 1998년부터 진행한 KBS 토크쇼 〈아침마당〉에 제가 2009년 11월 출연하면서 그 인연이 시작된 것이지요.

푸르메재단이 처음으로 어린이재활센터와 장애인전용치과를 열면서 의료 사업의 첫발을 내디딘 시기였습니다. 이곳에서 치료받는 한 어린이 가족이 매번 새벽 6시에 집에서 출발한다고 해서 가슴이 아팠습니다. 그들이 사는 청주나 가까운 대전에는 왜 치료받을 마땅한 병원이 없을까 하고 말입니다. 바로 이 무렵 KBS 〈아침마당〉에서 연락이 왔습니다. 〈아침마당〉에 출연해 저는 우리나라 장애어린이들이 맞닥뜨린 상황을 설명했습니다. '사소한 감기나 호흡곤란 등을 겪어 태어난 지 2년 안에 장애를 갖게 되는 후천적

장애어린이가 전체의 80퍼센트를 넘는다'고 설명하자 출연자 모두가 깜짝 놀랐습니다.

우리 어린이를 잘 치료하면 사회의 주역이 될 수 있습니다. 방송에서 저는 '장애어린이를 치료하는 재활전문병원이 일본 202개, 독일 140개, 미국 40개이지만 우리나라는 단 한 곳도 없다'고 얘기하면서 '치료가 필요한 30만 명의 어린이를 위해 더 늦기 전에 서둘러 병원을 지어야 한다'고 강조했습니다.

이런 호소에도 불구하고 정부가 운영하는 국립병원은 물론이고 대기업에서 운영하는 아산병원이나 삼성병원, 그리고 대학병원에서도 어린이재활병원을 건립할 의지를 보이지 않았습니다. 결국 푸르메재단이 나섰습니다. 시민 1만 명과 넥슨 등 500개 기업의 뜻을 모아 마포 상암동에 국내 유일의 어린이재활병원을 세우자 KBS에서 다시 연락이 왔습니다. 병원에 대해 설명해달라고 말입니다. 2016년 4월, 〈아침마당〉에 다시 출연해 모두가 꿈꾸던 어린이재활병원이 어떻게 건립되었고 어린이들이 어떻게 희망을 만들어가고 있는지 소식을 전했습니다.

푸르메재단의 성장과정을 지켜보면서 이금희 씨는 자연스럽게 후원 천사가 됐습니다. 푸르메재단을 왜 그토록 애틋해하는지 그 이유를 물어봤습니다. "저는 결혼도 하지 않았고 아이도 낳지 않았지만 오 자매 집에서 자라서 조카들이 많습니다. 푸르메재단 얘기를 처음 듣고 어린 조카들이 생각났습니다. 무엇보다 어린이가 아픈 것은 참지 못하겠더라고요. 어린이를 위한 재활병원, 그리고 이 아이들이 커서 일할 수 있는 농장은 우리 사회에 꼭 필요한 시설이라고 생각합니다. 제가 이런 곳을 어떻게 후원하지 않을 수 있겠어요."

이금희 씨는 10년 넘게 푸르메재단을 후원해오고 있습니다. 또 푸르메재단에서 중요한 행사가 열릴 때마다 기꺼이 재능기부로 참여해주고 있습니다. MBC 공익캠페인 〈잠깐만〉에 출연해 어린이 치료의 시급성을 알리기도 했고, 세종문화회관에서 열린 연주회의 진행을 맡으면 꼭 장애인 가족을 초청해줍니다.

'국민 아나운서' '긍정의 아이콘'

한번은 그녀에게 어떻게 방송인이 되었는지 물었습니다. "초등학교 4학년 때 〈누가 누가 잘하나〉 동요경연대회에 참가하는 친구를 따라갔다가 방송국을 구경하게 됐습니다. 사회자 언니가 얼마나 친절하게 어린이들을 대해주던지 '나도 커서 저런 예쁜 언니가 되어야지' 하고 결심했어요. 그것이 제가 아나운서 길로 접어들게 된 첫번째 동기였습니다."

방송에 대한 호기심과 열정은 중고교 시절 그녀를 방송반으로 이끌었고, 결국 그 꿈을 이루기 위해 KBS에 입사하게 됐습니다. 방송국에 입사한 뒤 맡은 첫 프로도 운명처럼 〈누가 누가 잘하나〉의 후속 프로그램인 〈전국어린이동요대회〉였다고 합니다. '꿈은 이루어진다'는 말처럼, 아나운서를 꿈꾼 뒤 14년 만에 그 꿈을 이룬 것이지요.

어린 시절은 어땠을까요. "저는 드라마 제목처럼 '불광동 오 자매 집'의 넷째로 태어났어요. 비록 형편은 넉넉지 않았지만 집안 분위기는 화목했습니다. 말단 경찰관이던 아버지의 월급만으로는 생활이 어려워서 어머니는 집에서 부업을 하셨어요. 저는 어머니가 일하실 때 그 곁에서 노래를 부르고 재롱을 부리며 귀염받는 방법을 체득했습니다. 이런 경험은 제가 둥글고 붙임성 있는 성격의 직장인으로 사회생활을 해나가는 데 큰 도움이 됐습니다."

그렇게 열망했던 아나운서로서의 생활이니 누구보다 잘했을 것 같은데, 처음에는 아니었다고 합니다. "제가 방송을 좋아하고 그게 제가 잘할 수 있는 일이어서 너무 행복합니다. 되돌아보면 평탄하게 직장생활을 해왔다고 생각했는데, 초년병 시절에는 실수도 많았고 무엇보다 어리바리했습니다. 조금이라도 실수하면 '당신 아나운서 맞아? 이런 것도 제대로 못 하면서 도대체 어떻게 들어왔어?' 하는 불호령이 떨어져 남몰래 화장실에서 여러 번 눈물을 흘렸습니다."

국민 아나운서, 한국을 대표하는 방송인, 긍정의 아이콘. 모두 그녀에게 붙은 수식어입니다. 사람들은 정제된 용어로 부드럽고 정감 있게 말하는 그를 보고 감탄합니다. 군더더기 하나 없이 간결한 그의 내레이션은 프로그램을 빛나게 합니다. 때때로 '겁나게' 부드러운 모습과 '내 몬산다' 싶게 찰지게 말하는 화법을 오가는 게 그녀의 장기입니다. 35년차 베테랑이지만 지금도 마이크를 잡으면 콜사인을 처음 하는 신입 아나운서처럼 가슴이 뛴다고 합니다.

일로 승부하는 방송인

그녀는 〈6시 내 고향〉을 시작으로 〈인간극장〉〈사랑의 리퀘스트〉 등 KBS를 대표하는 프로그램을 맡았습니다. 이금희 씨가 〈아침마당〉을 진행하자 거짓말처럼 TV 앞으로 사람들이 몰렸죠. 그녀가 내레이션을 맡은 〈한국기행〉을 보기 위해 매일 저녁 사람들은 EBS에 채널을 고정했습니다. 2020년부터 시작한 유튜브방송 〈마이금희〉도 조회 수가 꽤 높습니다.

언젠가 "일로 승부하는 방송인이 되고 싶다"는 그의 글을 읽은 적이 있습니다. 일이 왜 중요했는지 물었습니다. "국민과 시청자에게 인기를 얻는 것보다 직장에서 방송으로 인정받는 게 먼저라고 생각합니다. 신입 시절 아나운서실이 아주 좁아서 제 의자가 없었어요. 그래서 라디에이터 위에 앉아 방송원고를 수없이 읽었습니다. 선배들 방송을 모니터요원처럼 세심하게 보고 듣기도 했고요.

아마 그때의 혹독한 경험이 저를 강하고 독한 사람으로 만든 것 같습니다."

그녀의 모든 삶은 방송에 맞춰졌습니다. 개인적인 삶이 없었습니다. 아니, 방송이 바로 그녀의 삶이었습니다. 라디오 음악 프로를 진행할 때도 그랬습니다. 매일 방송 서너 시간 전에 사무실로 올라가 누구보다 꼼꼼하게 원고를 점검했고, 방송에 나갈 음반을 미리 들었습니다. 평소에도 책에서 인상적인 구절을 발견하면 메모했고, 신문을 읽다가 청취자들에게 유익한 정보가 될 만한 내용이 나오면 스크랩했습니다. 목표는 한 가지, 무엇보다 방송 잘하는 아나운서가 되고 싶었습니다.

"〈6시 내 고향〉과 〈아침마당〉 등 여러 프로를 진행하며 지금까지 삼만 명을 인터뷰했습니다. 늘 새로운 영화를 보고 새로운 인생을 접하듯 많은 사람을 만난 것이 제가 일하는 삶의 큰 원동력이 된 것 같습니다."

하이힐을 신고 원효대교를 달린 열정

얼마 전에는 야구선수를 인터뷰했는데 주로 야간 경기를 하는 1군과 낮 경기를 하는 2군을 오가야 하는 선수의 애환을 들으며, 자신감과 긴장감을 균형 있게 유지하기가 얼마나 중요한지 절감했다고 했습니다. 방송도 인생처럼 앞을 내다볼 수 없는 미지의 세계입니다. 자아와 진리에 의지하듯 자기 자신과 방송을 등불 삼아 앞으로 나아갈 뿐입니다.

그녀에게 방송중 가장 위급한 순간은 언제였을까요. "라디오 프로그램인 〈가요산책〉을 진행하던 1990년 어느 여름날이었어요. 장마로 한강물이 크게 불어났다는 소식을 듣고 방송 시작 세 시간 전에 서둘러 집을 나섰습니다. 택시로 마포대교 앞까지 겨우 갔는데, 한강유람선이 마포대교에 걸리는 사고가 나서 여의도로 들어갈 수가 없었어요. 길에서 차는 꼼짝 못하지, 방송 시간은 재깍재깍 다가오지, 정말 피가 말랐습니다. 결국 원효대교 앞까지 갔다가 더 이상 나가지 못하자 택시에서 내려 다리 위를 무작정 달렸습니다. 정신없이 뛰어가는데 자동차 한 대가 멈춰서 저를 태워줬어요. 이 차를 타고 기적처럼 생방송 2분 전에 스튜디오에 도착할 수 있었습니다. 지금 생각해도 간담이 서늘합니다."

하이힐을 신고 긴 치맛자락을 움켜쥔 채 원효대교를 달린 그 열정이 오늘날 이금희를 만들었을 겁니다.

살아오면서 잊히지 않는 가장 감동적인 순간도 질문했는데 이런 답이 돌아왔습니다. "이산가족상봉 행사가 있었던 2000년 8월 15일 광복절인 것 같아요. 북한에서 온 인사 백 명을 만나기 위해 남한측 이산가족 사백여 명이 코엑스에 대기하고 있었습니다. 50년 만에 꿈에 그리던 혈육을 만난다는 기대와 열기로 가득차 있었는데, 무슨 연유에서인지 한 시간 넘게 상봉식이 지연되고 있었어요. 모두 숨죽이고 있는 순간 갑자기 발소리가 들렸습니다. 북에서 온 백 명의 인사가 구름처럼 행사장으로 입장하는데 반세기 동안 한 번도 만난 적이 없는 혈육을 귀신처럼 찾아내더라고요. 그 모습을 보고 정말 온몸에 소름이 돋았습니다. 구름처럼 쏟아져들어온 사람들이 서로 부둥켜안고 기쁨의 눈물을 흘리던 그날의 감동을 아직도 잊을 수가 없습니다."

경청의 힘

이금희 씨는 1999년부터 22년 동안 모교인 숙명여대에서 미디어학부 겸임교수로 일했습니다. 2012년에는 숙대에서 박사학위도 받았습니다. 방송일로 바쁜 와중에 어떻게 학위까지 받을 생각을 했느냐고 묻자 "박사 논문을 쓴 것은 머리가 아니라 엉덩이였고, 8할의 커피와 2할의 초콜릿 덕분이었어요"라며 웃었습니다.

방송에 관심이 있는 학생들에게 수업 시간에 유명 방송인 선배를 만난다는 것은 큰 행운이 아닐 수 없겠지요. "처음에는 꿈을 가진 후배들을 잘 이끌어야겠다는 생각뿐이었습니다. 22년 6개월 동안 2250명을 가르쳤는데 강의를 시작한 지 6~7년이 지나자 학생들이 보이더라고요. 이들에게 필요한 것이 무엇일까 고민하다 코로나 전까지 학생들과 일대일로 삼십 분씩 티타임을 가졌습니다.

1500명쯤 만나보니 이들에게 필요한 것은 압박감과 고민을 들어줄 사람이었어요. 면담 자리에서 자기 이야기를 하다 우는 학생도 많았습니다. 한 학생이 저 몰래 면담 내용을 녹음했다가 나중에 들어봤더니 자기가 27분 30초를 이야기하고 저는 2분 30초만 말했답니다. 저는 주로 '그래, 얼마나 힘들었어' '잘될 거야' 이런 말만 했다는군요."

학창 시절 인생 상담을 할 수 있고 같이 토론할 수 있는 교수가 있다면, 인생을 살아가는 데 좀더 나은 선택을 할 수 있지 않을까요. 젊은 시절의 삶은 힘들고 남루했지만, 행복한 기억은 영원히 남는 것처럼 말이지요.

경청의 힘과 열정은 대체 어디서 나오는 것일까요? "불교도인 어머니는 제가 어릴 때부터 무엇이든 이웃에게 나눠주셨어요. 조계사 입구 상점에서 승복을 만들다 남은 회색 자투리 천조각을 얻어서 에코백이나 파우치를 취미로 만드셨고요. 테두리나 가운데 형형색색 예쁜 조각보를 붙인 가방은 이웃들에게 인기 만점이었어요. 어머니는 늘 나눠주셨고 부모 없이 자란 고아들이 공부할 수 있도록 도와주고 싶어하셨는데, 제가 이런 영향을 받지 않았나 해요. 방송일을 하면서 매년 한 곳씩 도움이 필요한 곳에 후원하기를 늘려가자고 결심했는데, 현재 이십여 곳에 이르고 있습니다. 보통 직장인의 월급 이상의 금액을 후원하고 있어서 어머니의 바람을 조금이나마 풀어드린 것 같아요.”

'호아빈의 리본'과 〈마이 금희〉

이금희 씨는 몇 해 전 판화작가 이철수 화백, 도종환 시인과 함께 '호아빈의 리본'이라는 단체를 만들어 베트남 어린이의 교육을 지원하고 있습니다. 호아빈은 화평, 평화라는 뜻으로, 베트남전쟁 당시 한국군 때문에 고통받은 오지마을에 사는 어린이를 지원한다고 합니다. 어릴 때부터 지속적으로 후원받은 꼬마들이 이제는 대학교까지 졸업해 어엿한 성인이 됐습니다. 사각모와 검은색 졸업 가운을 입은 청년의 사진을 보여주는 그녀의 얼굴에 자랑스러움이 빛났습니다.

이게 끝이 아닙니다. 그녀는 매년 유명인 친구들과 물품을 모아 온라인바자회를 연 뒤 〈마이금희〉 구독자와 함께 기금을 모아 전달하고 있습니다. 최근에는 정호승 시인, 엄홍길 대장, 서경덕 교수 등 푸르메재단의 열혈 후원자들이 잇따라 〈마이금희〉에 출연해 푸르메재단에 지원해줄 것을 호소하기도 했습니다.

푸르메재단은 매달 일정액을 재단에 후원하는 식당과 카페, 병의원 등을 모아 '푸르메천사가게'를 만들었는데요, 움직이기 힘든 장애인의 여행을 돕기 위해 세워진 무장애여행사 '함께 사는 세상'을 비롯해 여수의 게장 전문점 '맛있는 여수' 등 전국적으로 250여

개의 푸르메천사가게가 있습니다. 〈마이금희〉에서는 매달 이곳 중 한 가게를 선정해 소개하고 있습니다.

누구나 만나고 싶어하는 사람

이금희 씨는 푸르메가 나갈 방향도 제시해줬습니다. "푸르메재단은 지향하는 목표와 사업이 분명합니다. 사업을 시민에게 잘 알리고 설득하는 일이 무엇보다 중요합니다. 제가 존경하는 분이 '선한 사람들의 느슨한 연대'라는 표현을 했는데 맞는 말 같아요. 취지에 공감하는 의식 있는 사람들의 정성을 푸르메재단이 잘 모아야지요. 그분들의 열정과 아이디어를 잘 조직하고 구체화하는 것이 중요합니다."

누구나 만나고 싶어하는 사람, 상처받은 이들조차 이야기를 나누고 싶은 방송인 이금희 씨가 전해준 작은 울림이었습니다. 그가 앞으로 사랑과 도움이 필요한 곳에 손을 잡아줄 거라고 믿게 됩니다. 괴테의 말처럼 젊은 시절에 소망한 일들이 나이들어 풍성하게 이루어지길 간절히 기원합니다.

18 늙은 농부의 소원

황보태조 선생님

늙은 농부의 소원

"칭찬보다 더 좋은 인생의
거름은 없습니다"

책을 짓는 농부

스위스 장크트갈렌 수도원에 가면 세상에서 가장 아름다운 도서관이 있습니다. 이곳에는 760년 제작된 양피지 필사본부터 천년이 넘은 희귀본 등 모두 17만 권의 책이 소장돼 있습니다. 바로크풍의 아름다운 천장 벽화와 호두나무로 만든 서가로 이루어진 도서관 문설주 위에는 '영혼의 치유소PSYCHES IATREION'라는 황금 문패가 걸려 있습니다. 기원전 13세기 이집트의 위대한 왕인 람세스 2세가 만든 신전 안에 파피루스를 보관하던 성스러운 장소를, 고대 그리스의 역사가 헤카타이오스가 '영혼의 치유소'라고 표기하면서 도서관의 명칭이 된 것이지요.

미국 워싱턴의 의회도서관에는 책을 껴안고 있는 로마 여인의 벽화가 그려져 있습니다. 그 옆에는 '책, 영혼의 기쁨이여'란 문구가 새겨져 있습니다. 책에서 얻게 되는 지혜와 깨달음의 즐거움을 노래한 것이지요. 이렇듯 책은 영혼을 치유하고 영혼에 기쁨을 줍니다. 또 삶에 실질적 도움을 주기도 하지요.

2013년, 연세 지긋한 어르신 한 분이 재단을 찾아오셨습니다. 구수한 경상도 사투리로 당신을 포항 구룡포에서 농사짓는 황보태조라고 소개하시더니 책을 썼는데 인세를 기부하고 싶다고 하셨습니다. 황보태조 선생님은 수줍게 말문을 열었습니다.

"부끄럽지만 책의 인세 모두를 기부하고 싶습니다. 저는 지난 40년 동안 포항 인근 산속에서 농사를 지으며 빚을 많이 졌습니다. 그런데 감사하게도 지난해 빚을 모두 갚게 됐습니다. 고마움을 어떻게 표현할까 고민하다가 푸르메재단이 떠올랐습니다. 어린이들에게 작은 도움이 됐으면 합니다." 그렇게 기부한 인세는 무척 큰 금액이었습니다.

황보 선생님은 구룡포에서 서울에 올라오면 구기동 아들 집에 머무는데, 서울역에서 구기동으로 가는 버스가 늘 푸르메재단 건물 앞을 지나간다고 합니다. 계속 보이는 저 건물의 정체가 뭘까 하고 궁금해하다 장애어린이의 재활치료를 돕는 단체라는 걸 알고 기부를 결심하게 됐다고 합니다. 그동안 많은 분이 인세 기부를 약속했지만, 실제로 성사된 경우는 많지 않았습니다. 그런데 어렵고 힘들게 농사를 짓는 분이 평생 진 빚을 갚아서 감사하다며 기부를 하시겠다니, 놀랍고 감사했습니다.

어느 청년 농부의 삶

1946년생 황보 선생님은 당신이 태어난 지 석 달 만에 아버지가 돌아가셨다고 합니다. 옛날에는 아버지가 돌아가시면 '천붕天崩'이라고 했습니다. 하늘이 무너지는 것 같은 고통이라는 뜻이지요. 어린 시절 함께 살던 할아버지는 술만 드시면 손자와 며느리를 붙잡고 죽은 아들을 원망했습니다.

"그땐 아무런 희망이 없었지요. 누가 가르쳐주지도 않았고 붙잡고 물어볼 곳도 없었습니다. 매를 맞아가면서 공부했지만 친척도, 선생님도 무서웠습니다. 제 어린 시절은 어두운 골목을 한없이 맴도는 기분이었습니다."

어려운 사람을 만나면 그를 도와주지 못해 안타까워할 정도로 마음이 여렸지만 가정형편이 좋지 않아 별도리가 없었습니다. 고등학교 등록금을 내지 못해 1학년 때 자퇴를 결심할 정도로 가난했습니다.

이후 돈을 벌기 위해 상경한 황보 선생님은 우유 배달을 하면서 노동판에도 뛰어들었습니다. 당시 서울대는 서울 동숭동과 공릉동, 종암동 등에 흩어져 있었는데, 1975년 이를 관악캠퍼스로 이전하면서 큰 규모로 공사가 진행중이었습니다. 황보태조 선생님은

1973년 이 공사에 일꾼으로 참여했습니다. "뙤약볕 아래 처음 하는 육체노동이 힘들었지만 '나중에 우리 아이들이 커서 공부할 학교다. 무엇보다 튼튼하게 지어야지' 하고 생각하니 힘이 솟아났습니다."

하지만 아무 연고가 없는 지방 청년에게 서울 생활은 녹록지 않았습니다. 다행히 교회에서 부인을 만나 결혼하면서 생활이 조금씩 안정되었고, 작은 구멍가게(점방)를 차릴 수 있었습니다. 아이들이 연년생으로 태어나며 부부는 더욱 열심히 일했지만, 서울에서의 삶은 좀처럼 나아지지 않았습니다. 고민 끝에 황보 선생님은 봉천동 산동네를 떠나 고향 구룡포 눌태리로 내려가기로 했습니다.

낙향을 결심한 데에는 특별한 이유가 있었습니다. 부부가 늘 점방에서 손님을 맞이해야 했기에 아이들은 방안에 갇혀 지냈습니다. 그 방은 거실이면서 아이들의 공부방이자 창고였습니다. 언제 올지 모르는 손님을 기다리며 작은 방에서 아이들과 함께하기가 힘들었습니다. 자신의 어두웠던 어린 시절도 겹쳐졌습니다. 황보 선생님은 아이들을 더이상 어두운 골방에 가두지 않겠다고 마음먹습니다. 그러려면 무엇보다 스스로 경제력 있는 가장이 되어야 했습니다.

시골 아버지의 바짓바람

구룡포 외곽 비탈진 땅 500평에 마늘을 심었습니다. 다행히 작황이 나쁘지 않았습니다. 몇 해 뒤에는 수익성 좋다는 수박을 심었는데, 수박을 키우기 위해서는 물이 필요했습니다. 시행착오를 거쳐서 가느다란 호스로 물을 산비탈까지 끌어올리는 데 성공했습니다. 수박 모종을 심고 수분이 증발되는 것을 막기 위해 땅에 비닐을 씌웠습니다. 여름이 되자 꿈이 영글듯 수박이 크기 시작했습니다. 그해 수박 농사는 대풍이었습니다. 마늘과 수박으로 번 돈을 모아 밭 1천 평을 샀습니다. 처음 갖게 된 내 소유의 땅이었습니다.

"처음으로 돈을 벌어 땅을 샀으니 얼마나 기뻤는지 모릅니다. 비록 그 마을에서 가장 가난한 집이었지만 앞으로 열심히 농사를 지으면 아이들을 공부시킬 수 있다고 생각하니 먹지 않아도 배가 불렀습니다." 크지도 작지도 않은 1천 평의 땅에서 어떻게 하면 소득을 높일까 청년 농부는 치열하게 고민했습니다. 그리고 마침내 선택한 것이 완숙 토마토 농사였습니다.

황보 선생님은 낮에는 열심히 농사를 지었고 저녁에는 아이들과 재밌게 지낼 궁리를 했습니다. 그렇게 고안한 것이 '공부놀이'였습니다. 두 살, 네 살, 다섯 살 딸에게 종이인형을 사준 뒤 그림 속 인형과 옷, 집, 가재도구를 가위로 오리게 했습니다. 인형에게 이름을 붙여주고 역할극을 통해 자연스럽게 한글을 익히게 했지요. 두 아이가 더 태어나자 과일카드를 만든 뒤 제대로 이름을 쓰면 온 가족이 그 과일을 함께 먹었습니다. 아이들에게 놀이는 배움이고 학습이었습니다. 이 때문에 아이들 모두 쉽게 한글을 깨쳤습니다.

또하나는 독서였습니다. 황보 선생님은 책을 읽지 않은 아이는 공부를 잘할 수 없다고 생각했습니다. 텔레비전의 어린이 연속극에 나오는 책이나 신문·방송에서 추천된 동화책은 24킬로미터나 떨어진 포항 시내의 서점까지 달려가 사왔습니다. 시골 아버지의 바짓바람이 대단했습니다.

"우리 부부는 아이들이 노는 것을 옆에서 지켜보기만 했습니다. '너무 잘 그렸구나, 너무 재미있게 노는구나' 하고 칭찬만 했지요. 칭찬보다 더 좋은 인생의 거름은 없습니다." 저녁마다 가족 놀이대회가 열렸습니다. 아이들은 갖고 싶은 장난감이 생기고, 맛있는 과일을 먹을 수 있으니 앞다투어 한글과 영어를 익혔습니다.

때때로 아이들과 함께 들판으로 나가기도 했습니다. 벌이 날아와 수박꽃에 수정하는 모습을 관찰한 뒤 붓으로 직접 꽃가루를 묻혀 인공수정을 해보게 했습니다. 황보 선생님은 이처럼 배움을 재밌는 놀이로 만들었습니다. 그야말로 살아 있는 교육이었습니다. 아이들은 들판에 나가 자연을 공부하면서 몸과 마음이 성장했습니다. 그렇게 자란 아이들은 구룡포중학교와 포항제철고의 최우등생이 되었습니다.

자식 농사의 비법

선생님에게 자녀교육에서 무엇이 가장 중요한지 물었습니다.

"부모는 아이의 거울입니다. 부모가 먼저 책을 좋아해야 아이가 책을 사랑하게 됩니다. 아이의 성향을 잘 파악해 아이에게 맞는 교육 소재와 방법을 찾는 것이 중요합니다. 그래야 아이가 행복할 수 있습니다. 자식을 야단치기보다 칭찬해주고 부모가 함께 재미있어하면 결국 원하는 것을 이루게 되지요. 제가 공부와 가난에 한이 있기 때문에, 아이들은 책을 사랑하고 어려운 사람에게 손을 내밀 줄 아는 따뜻한 사람으로 성장하길 바랐습니다."

지혜로운 말씀입니다. 올바른 목적에 이르는 길은 그 어느 구간에서도 바르다는 말이 있는데, 그 말이 생각났습니다.

서울대 관악캠퍼스 공사에 참여했던 황보 선생님의 바람이 실제로 이루어졌습니다. 첫째 딸과 막내인 아들이 서울대 의대에 입학한 것입니다. 둘째와 셋째 딸도 의사가 되었고 넷째 딸은 약사가 됐습니다. 유치원은 물론이고 학원이나 과외 수업 한 번 받지 않고서 말입니다.

자녀들이 모두 행복해하는지 질문했더니 이런 대답이 돌아왔습니다. "셋째 딸은 포항공대를 졸업하고 외국계 회사를 다니다 스물여덟 살에 뒤늦게 의대에 들어갔습니다. 해외 출장을 다니는 것을 좋아했지만 안정적인 직업을 갖길 원했습니다. 의사인 언니들에게 영향을 받았겠지요. 아이들 모두 자기가 선택한 삶을 사는 만큼 만족하고 있습니다." 세상에서 가장 어려운 농사가 자식 농사라는데 황보 선생님은 토마토 농사뿐 아니라 자식 농사에서도 성공한 셈입니다.

자녀들이 대학을, 그것도 학비가 많이 드는 의과대학을 함께 다녔으니 고생이 이만저만 아니었을 겁니다. 그 금액을 어떻게 감당하셨는지 물었습니다. 황보 선생님은 어떻게 농사를 잘 지을까 날마다 고심했다고 합니다. 그 결과 30여 년 전에 식감 좋고 당도 높은 완숙 토마토를 개발했습니다. 구룡포에서 맛있는 토마토가 생산된다고 소문이 나면서 황보 선생님은 신문과 방송을 타기 시작했습니다. 토마토 농사법을 소개해달라는 강연 요청도 쇄도했습니다. 말씀을 들으니 황보 선생님은 농사뿐 아니라 다른 일을 했어도 크게 성공했을 것 같습니다.

푸르메재단 고액기부자 모임 '더미라클스' 조찬회에 정호승 시인을 연사로 모신 적이 있습니다. 이날 황보태조 선생님도 참석했습니다. 정호승 선생님은 「내가 사랑하는 사람」 「수선화에게」 「첫눈이 가장 먼저 내리는 곳」 등의 시를 쓰게 된 배경 그리고 시가 우리 삶에 어떤 의미를 차지하는지 등을 설명했습니다. 어린 시절 대구 외곽이었던 범어천에서 학교까지 걸으며 보았던 풍광이 나중에 시를 쓰는 데 큰 영향을 미쳤고, 명사들을 초청해 듣는 강연이 참 좋았다는 얘기를 했습니다.

강연이 끝나자 황보 선생님이 정호승 선생님께 다가가 '혹시 대구 계성중학교 출신 아닌가요?' 하고 물었습니다. 조금 시차는 나지만 두 분은 따뜻한 추억을 남겨준 중학교의 동문이었습니다. 특히 두 분이 다녔던 계성중학교는 1906년 미국 선교사가 영남 지방에서 가장 먼저 설립한 학교로, 1919년 3·1운동 때는 교사와 전교생은 물론 전직 교사까지 참가해 만세를 부른 독립운동의 진원지였습니다. 이런 전통이 있는 학교라 졸업생들이 가지는 긍지도 있어서 더 반가워하신 것 같았습니다.

배움을 즐기고 실천하는 가족

그럼 책은 어떻게 쓰게 된 걸까요? 황보 선생님은 아이들과의 놀이교육을 소개한 『꿩 새끼를 몰며 크는 아이들』을 2001년 출간해 베스트셀러 작가가 됐습니다. 지금까지 이백 회가 넘는 강연을 했다고 합니다. 검찰청이나 교장단 모임 등 가는 곳마다 공부 잘하는 자식으로 키운 비법이 뭐냐고 사람들이 물었습니다.

황보 선생님은 이 책을 보완한 『가슴높이로 공을 던져라』를 출간하면서 받은 인세를 푸르메재단에 기부해주신 것입니다. 당신의 교육철학처럼 아이들이 받을 수 있을 정도의 높이로 공을 던져주는 것, 너무 낮거나 높지 않고 능력껏 최선을 다하면 받아낼 정도의 수준으로 교육하는 게 중요하다고 생각해 책 제목을 이렇게 정했다고 합니다.

2019년에는 신앙의 신비로 믿는 성서가 아니라 성서를 자유의지를 가지고 말씀대로 받아들이라고 주장한 『당신의 하나님은 안녕하십니까?』라는 신앙서도 출간했습니다. 올해 여든이 된 부인 김화순 선생님은 늦깎이로 공부해 서강대에서 심리학 학사학위를 받았다고 합니다. 정말이지 배움을 즐기고 실천하는 가족입니다.

독일의 문호 괴테는 부모가 자녀에게 줄 수 있는 두 가지 유산은 뿌리와 날개라고 말했습니다. 자녀들에게 뿌리를 기억하게 하면서, 세상으로 나가도록 날개를 달아주라는 뜻입니다. 아마 그런 점에서 황보 선생님은 정말 뛰어난 교육자라는 생각이 들었습니다. 선생님의 넉넉한 웃음을 보면서 어릴 때부터 배우기를 즐기고 자신이 좋아하는 일을 평생 할 수 있다면 얼마나 행복한 인생일까, 얼마나 기쁨이 있는 삶일까 생각하게 됐습니다. 수십 년 농사를 짓다 남은 빚을 이제 겨우 갚은 것에 감사할 수 있고, 부족하지만 나눌 수 있는 부자가 바로 황보태조 선생님입니다.

19

산은 산이요,
물은 물이로다

원택 스님

"불교가 앞장서
생명 존중의 사상을
높여야 합니다"

태산거두의 스승과 염화미소의 제자

'자기를 바로 봅시다. 남을 위해 기도합시다. 남 모르게 남을 도웁시다.'

"큰스님의 말씀이 오늘 우리에게 더 의미 있게 다가옵니다." 스승 살아실 제 22년, 스승 떠나신 지 28년, 스승의 손발이 되었던 제자는 이제 여든 살이 넘은 노승이 됐지만 아직 시봉을 마치지 못했습니다. 그의 스승은 "산은 산이요, 물은 물이로다"라는 법어로 유명한 현대 한국불교의 거목 성철性徹 스님입니다. 그리고 그분을 54년 동안 시봉든 제자는 원택圓澤 스님입니다. 태산거두太山巨頭의 불같은 스승 곁에는 항상 염화미소拈花微笑의 제자가 있었습니다.

원택 스님은 성철 스님이 열반하시기(1993년 11월 4일) 이전부터 스승의 가르침을 빠짐없이 새긴 법어집을 출간했습니다. 스승의 사리를 모신 사리탑(부도탑)과 기념관을 세우고, 자취만 남은 생가도 복원했습니다. 삽십여 분의 제자 가운데 상좌인 원택 스님은 스승이 추구했던 정신세계와 육신의 흔적을 알리는 데 온몸을 바쳤습니다. 불가에서는 "상좌를 제대로 만나야 스승이 대접받는다"는 말이 있지요. 이런 연유일까요. 원택이 없었으면 오늘날 성철이 없었을지 모른다고들 합니다.

'가야산 호랑이'를 은사로 모셨던 원택 스님에게 지금껏 가슴에 남는 가장 감동적인 순간은 언제인지 물었습니다. "큰스님께서 1981년 한국불교의 지도자인 대한불교조계종 제6대 종정에 추대되고 나서 첫 부처님오신날을 맞았습니다. 법어를 내려주십사 부탁드렸는데 여느 때와 달리 웬일인지 쉽게 승낙하셨습니다."

그러나 스승이 내려준 법어는 온통 한문투성이였습니다. 진주중학교에 합격했으나 몸이 약해 그만둔 이후, 이십대 초반까지 독학으로 동서양 지식을 습득하고 한학에 매진한 성철 스님으로서는 당연했겠지요. 제자는 야단맞을 각오로 "옛날처럼 산중에만 계시는 스님이 아니시고 이제 모든 국민을 상대로 법어를 내리시는 것이오니, 부디 쉬운 한글로 법어를 내려주셔야 합니다" 하고 건의했습니다.

다시 내려온 법어는 이전보다는 나아졌지만 여전히 어려운 한문이 절반, 한글이 절반이었습니다. 제자는 엎드려 다시 간청했습니다. 스승은 "그놈 참, 애믹이네. 다시 생각해보자" 한 뒤 다음날 법어를 내렸습니다. 한국 불교 사상 처음으로 순한글 법어가 탄생한 순간이었습니다.

"모든 생명을 부처님같이 존경합시다. 만법의 참 모습은……거룩한 부처님과 추호도 다름이 없어서 일체가 장엄하고 숭고합니다." 이듬해 부처님오신날 법어는 그 유명한 '자기를 바로 봅시다'였습니다. "자기를 바로 봅시다. 자기는 원래 구원되어 있습니다. 자기가 본래 부처입니다…… 부처님은 이 세상을 구원하러 오신 것이 아니요, 이 세상이 원래 구원되어 있음을 가르쳐주러 오셨습니다." 순한글 법어의 탄생은 천년 동안 산속에 머물러 있던 불교가 비로소 산에서 내려와 민중 속으로 들어감을 의미했습니다. 사람들의 손을 따뜻하게 잡은 것이지요. "팔십 평생 살아오면서 그때처럼 가슴 벅차고 행복한 순간이 없었습니다." 노승의 눈가에 물기가 촉촉했습니다.

성철 스님과의 질긴 인연

원택 스님은 지금은 대구광역시가 된 서쪽 달성군에서 1944년 태어났습니다. 속명은 여무의余武義. 세상에서 쓴 이름조차 범상치 않군요. 스님의 아버지는 일제강점기 때 자동차 정비를 배운 신기술자였습니다. 해방되자 작은 정비공장을 열었고 이때부터 가세가 피기 시작했습니다. 원택 스님은 위로 형님 한 분과 밑으로 여동생 셋과 막내 남동생이 있었는데, 부모님의 교육열과 부유한 환경 덕분에 자식 모두가 대학에 들어갔다고 합니다.

어린 시절 원택 스님은 평범하면서도 비범한 아이였습니다. 행동은 곰같이 느렸지만 사리 분별은 여우처럼 빨랐습니다. 어른들과 장기를 둘 때는 연속으로 이기다가도 상대가 화날 즈음 한 번씩 져주는 지혜를 발휘했습니다.

소년 원택은 어느 날 춘원 이광수의 『원효대사』를 읽었습니다. 가슴이 뜨거워졌습니다. 마음속으로 원효처럼 살겠다고 결심했습니다. 그후 지방 명문 경북고등학교에 입학했습니다. 집안뿐 아니라 마을의 경사였지요. 고교생이 된 그는 불교학생회에 가입했지만, 공부에 치여 불교는 조금씩 멀어졌습니다.

그렇게 시간이 흘러 연세대 정치외교학과에 입학한 원택 스님은 ROTC에 지원했습니다. 장교가 되고 싶었습니다. 하지만 고막 파열로 인한 난청과 평발 때문에 신체검사에서 낙방했습니다. "이때 ROTC 장교가 됐더라면 성철 스님을 시봉하느라 고생하는 대신 4성 장군이 되었을지도 모른다"고 웃는 원택 스님. 스님의 풍모나 인품을 보면 4성 장군은 능히 됐을 법합니다.

대학 졸업을 전후해 행정고시를 봤지만 몇 차례 낙방했을 때, 친구와 함께 해인사 백련암을 찾았습니다. 같이 공부하던 친구가 해인사에 이름높은 스님이 계시니 인사라도 드리자고 권유했기 때문입니다. 1970년 늦은 겨울이었습니다.

"고등학교 때부터 간간이 불교 서적을 읽긴 했지만 큰스님께 좋은 말씀이라도 듣자는 말에 솔깃했던 거지요. 큰스님은 눈빛이 형형해서 감히 쳐다보지 못할 정도였습니다. 목소리도 쩌렁쩌렁하여 마치 호랑이를 마주한 것 같았습니다. 저희를 보자마자 '웬놈들이고?' 하고 야단치시는데 제가 당돌하게 '스님, 뵙게 된 기념으로 좌우명이나 하나 주이소' 하고 말씀드렸습니다. 그 말이 화근이 되어 스님께서 '네깐 놈들이 무슨 좌우명이고? 그럼 대가로 절돈 3천 원을 내놓아라' 하시는 겁니다. '절돈은 없고 현금은 여기 있심더' 하고 제가 지니고 있던 3천 원을 내놓으니 갑자기 불호령이 떨어졌습니다. '난 그런 돈 필요 없다. 삼천 배를 해라.' 삼천 배가 결국 만 배가 되고, 결국 이조차 다하지 못하고 절을 내려가게 되었지만 성철 스님은 제게 좌우명을 주셨습니다. '속이지 마라'였습니다. 이것이 질긴 인연이 돼서 결국 이듬해 입산을 하게 된 것이지요."

사람 낚는 어부처럼 성철 스님은 원택 스님의 큰 그릇을 알아보고 그를 낚은 셈입니다. 이때부터 모진 시집살이가 시작됐습니다. 행자승이 된 날부터 시도 때도 없이 불호령이 떨어졌습니다. 법정 스님은 호랑이 같은 스승과 곰 같은 제자를 보고 "성철 스님은 저렇게 급하고 격한데 원택이는 성격이 느리고 느긋하니 찰떡궁합"이라고 평가했답니다. 이에 원택 스님은 "찰떡이 아니라 악연입니다. 제가 전생에 무슨 죄를 지었기에 이렇게 무서운 스님을 만났는지 모르겠습니다" 하고 한탄했답니다. 이 말을 들은 법정 스님은 파안 대소했다지요.

진실된 사람을 만들려는 스승의 가르침

성철 스님은 제자 원택에게 일을 맡기면 꼭 세 번 물었습니다. "너 그 일 다했나?" "예" 하고 대답하면 한참 있다가 "너 시킨 일을 빈틈없이 끝마쳤다고 했제? 참말이가?" 하고 다시 물었습니다. 그러다 잊을 만하면 한 번 더 "너, 일 다 끝낸 것 맞제?" 하고 재차 물었습니다. 원택 스님은 참 이상하다고 생각했습니다. 스승이 왜 세 번씩이나 물을까 하고 말입니다.

첫번째와 두번째에는 자신 있게 대답했지만 스승이 세 번씩이나 다그쳐 물으면 불안해졌다고 합니다. 자신이 과연 일을 제대로 한 건지 자신이 없어지고, 일을 했다는 사실조차 가물가물하게 느껴졌다고 합니다. 그렇다면 왜 스승은 세 번씩이나 제자에게 다짐을 받았을까요. 오랜 시간이 지난 뒤에야 원택 스님은 스승의 질문이 제자의 대답을 듣기 위해서가 아니라, 제자를 참말 하는 진실된 사람으로 만들기 위한 가르침이었다는 걸 깨달았습니다.

어느 해 하안거 때인가봅니다. 3박 4일 아비라기도를 하는데 신도회장이 스님과 신도들에게 수박 공양을 하자고 제안했습니다. 장에서 사온 여러 통의 수박을 시원하게 계곡물에 담가두었다가, 다음날 가장 더울 때 스님과 신도들이 둘러앉아 수박을 맛있게 먹었습니다. 그런데 제대로 먹지 않고 버린 수박이 문제였습니다. 수박 공양이 끝나고 얼마 지나지 않아 성철 스님이 노기등등해 나타났습니다. 쓰레기통에서 수박을 발견한 큰스님의 눈이 뒤집혔습니다.

"농부의 정성을 생각해야지. 기도하지 말고 싹 다 가든지, 아니면 쓰레기통에 처박아놓은 수박을 꺼내 속살까지 먹든지 선택하라!" 하고 엄명을 내렸습니다. 신도회장이 엉금엉금 앞으로 나와 손이 발이 되도록 빈 뒤 신도들은 쓰레기통에서 먹다 버린 수박을 꺼내 씻은뒤 모두 남김없이 먹었습니다.

실제로 성철 스님은 평생 근검절약을 실천했습니다. 고희를 넘기고도 내복과 옷가지를 손수 기워 입었습니다. 화장지 한 장을 네 조각이나 여섯 조각으로 잘라 썼습니다. 이쑤시개도 한 번 쓰고 버리지 않고 가지고 다니며 깎아서 썼고요. "보통 산사에서는 밤 9시에 자고 새벽 3시에 일어나 예불을 시작하지만 스님은 더 늦게 자고 더 일찍 일어났습니다. 체력도 좋으셨지만 수도 생활에 누구보다 철저하셨습니다." 새벽 3시가 되어 처소에 가보면 큰스님은 벌써 백팔배를 마치고 선체조와 냉수마찰을 하고 계셨습니다. 스승은 철인이었습니다.

성철 스님의 웅혼한 철학세계

성철 스님은 1936년 해인사 백련암에서 하동산河東山 스님을 은사로 출가해, 4년 만인 1940년 대구 동화사 금당선원에서 득도했다고 합니다. 7년 후 문경 봉암사에 성철 스님을 필두로 한국불교를 짊어질 젊은 스님들이 모였습니다. 우봉, 보문, 자운, 향곡, 월산, 도우, 청담, 법전, 일타, 혜암 등이었습니다. 이들은 '부처님의 법대로 살자'고 결심하고 칠성각, 삼신각에 있는 무속 잡신을 정리한 후 제사는 물론 시주받는 것까지 금지했습니다. 비단으로 된 화려한 빛깔의 가사를 불살라버리고, 송광사에 보관된 보조국사 지눌 스님의 장삼을 본받고 가사는 괴색(짙은 갈색)으로 통일했습니다. 아침은 죽을 먹고, 저녁은 간단히 먹는다는 것을 비롯해 '일하지 않으면 먹지 않는다'는 원칙을 세웠습니다.

일제에 의해 왜곡되고 오염된 한국불교를 해체하고 바로 세우는 개혁운동을 시작한 것이죠. 이렇게 시작된 '봉암사 결사'는 개혁적인 스님 이십여 명의 기도 공동체였습니다. 이 결사는 3년 동안 지속되다가 한국전쟁으로 1950년 3월쯤에 어쩔 수 없이 해산을 하였는데, 오늘날 한국불교의 모태가 되었습니다.

그 중심에는 스승 성철 스님이 있었습니다. 스승은 봉암사 결사 후 대구 팔공산 파계사 성전암에 들어가 주변에 철망을 치고 눕지도 자지도 않는 장좌불와長坐不臥 수행과 10년 동안 절 밖으로는 한 발짝도 나가지 않는 동구불출洞口不出을 한 뒤 세상에 나왔습니다. 나오자 피 토하듯 사자후를 토했습니다. 성철 스님은 운달산법회에서 스님과 불자들을 모아놓고 이십여 일 동안 쉬지 않고 『반야심경』『육조단경』 등을 설법했습니다. 1967년에는 해림총림의 초대 방장으로 취임한 뒤『백일법문』을 강론하여 선과 교를 중도로 회통하는 법문을 하셨습니다. 선禪을 기본으로 쌓아올린 불교사상과 오랜 시간 탐구한 서양의 철학과 역사, 과학을 접목한 성철 스님의 웅혼한 철학세계였습니다.

우공이산의 결과

원택이란 둥근 연못, 큰 연못이란 뜻입니다. 해인사 백련암에 가자고 해 불가의 인연을 맺어준 친구는 원택이란 법명을 받기 전부터 "너는 남의 말을 잘 들어주니 큰 연못 아이가?"라고 말하곤 했다지요.

1972년 정월에 출가한 원택 스님은 얼마 안 돼 상기병에 걸렸습니다. 그는 스승이 1967년에 백일법문을 했을 때 이를 녹음한 테이프가 남아 있다는 소식을 들었습니다. 여기저기 수소문한 끝에 백련암에 보관중인 카세트테이프를 어렵게 구해 듣기 시작했습니다. 듣다보니 잊어버리기도 하고 혼자만 듣기 아까운 귀한 내용도 있어 녹취를 하기 시작했지요.

“참선 과정에서 깨달음을 얻기 위해 던지는 화두를 들기만 하면 머리가 깨질 듯이 아팠습니다. 참선을 못할 바엔 법문을 듣자고 결심한 것이 큰스님의 사상을 세상에 출간하는 계기가 됐습니다.”

하지만 제자가 법문을 정리한 것을 보고 스승은 “어느 놈이 이 글을 옮겨 적었노? 꼴도 보기 싫다, 어서 나가라”고 소리쳤습니다. 스승에게 야단맞고 불호령을 들으면서도 그렇게 부처님의 가르침을 담은 성철 스님의 법문집이 하나둘 출간됐습니다. 성철 스님은 선불교 사상을 정리한 『선문정로』(1981) 『본지풍광』(1982)이 출간되자 “비로소 부처님께 밥값 했다”라고 하며 자찬을 했습니다.

스승은 책이 출간되기 전 “법정 스님이 책을 내본 경험이 있으니 그에게 교정을 부탁하라”고 할 정도로 관심을 보이기 시작했습니다. 이렇게 스승의 가르침이 책으로 나오면서 해탈에 이르는 방법을 둘러싼 돈점 논쟁이 불붙고, 송광사에서는 보조국사 지눌의 가르침을 연구하는 보조사상연구회가 만들어졌습니다. 『선림고경총서』 37권과 『임제록』 등 불교계에서 중요한 책이 원택 스님의 손을 거쳐 출간되자, 1987년 불교전문출판사 장경각이 세워졌습니다. 스승의 가르침을 받기 위해 골방을 찾은 것이 스승의 사상을 온 세상에 전파한 셈이었습니다. 우공이산의 결과였지요.

언젠가 성철 스님이 출가 전 낳은 딸이 찾아왔습니다. 수경이라는 속명을 가진 그분은 육신의 아버지를 찾아와 무엇이 행복이냐고 물었습니다. 이때 그는 "부처님처럼 도를 깨친 사람은 영원한 행복을 누리는 대자유인이고, 그렇지 않고 세상에서 오욕락五欲樂을 누리고 사는 것은 일시적인 행복 아이가" 하고 대답했습니다. 이 말을 듣고 크게 깨친 딸은 입산해 아버지를 따르는 불제자 불필 스님이 됐습니다. 비록 속가의 인연이지만 그 아버지와 그 딸이었지요.

스승이 남기고 간 것들

원택 스님은 스승으로부터 '곰 새끼'란 말을 들으며 22년간 시봉하면서도 호랑이 스승의 뜻을 한 번도 거스른 적이 없었습니다. 같은 문중 스님들이 '절구통 수좌'라고 놀려도 묵묵히 자신의 길을 걸어왔지요.

하지만 스승의 열반 이후 비난을 무릅쓰고 자신의 고집을 밀어붙인 일이 있습니다. 바로 성철 스님 사리탑 조성이지요. 범상치 않은 독특한 외양과 규모 때문에 문중뿐 아니라 불교계에 파란이 일어났습니다. 얼마나 반대가 심했으면 사리탑 조성을 위해 마련해둔 철골조를 스님들이 몰려와 깨부수는 사건까지 발생했을까요. 고통이 심장을 찌르고 죽을 듯한 번뇌가 머리를 때렸지만 그는 절대 내색하지 않았습니다. 무소의 뿔처럼 밀고 나갔기에 파격적인 모습의 퇴옹당 성철 대종사 사리탑(부도)이 탄생했습니다. 그는 "만약 큰스님께서 보셨다면 당장 깨부수라고 야단을 하시지 않았을까

요" 하고 웃더군요.

1993년 당시 국회 출입 기자였던 저는 이기택 대표, 김태식 원내총무 등 민주당 지도부와 함께 11월 10일 성철 스님 다비식에 참석하기 위해 이른 시간 해인사를 향해 떠났습니다. "나는 좋은 옷 입을 자격이 없데이" 하며 평생 누더기옷을 입었던 큰스님이 이날만은 세상에서 가장 화사한 노란 국화옷을 입고 장례식장으로 이동 중이라는 뉴스를 버스 안에서 들었습니다.

해인사에 접어들기도 전, 전국에서 몰려든 차량들로 고속도로는 인산인해였습니다. 우리가 탄 버스는 해인사 인근 고속도로에서 톨게이트로 들어서지 못할 정도였습니다. 결국 다비식 상황을 라디오로 들을 수밖에 없었습니다. 삼십여만 명의 인파가 모인 실로 장엄한 행사였습니다.

"보통 스승이 돌아가시면 시봉 들던 제자가 훌훌 벗어버리고 명산고찰을 찾아 떠나는 것이 통례지만 스님의 법력은 저에게 족쇄가 되어 스님을 기리는 일을 하게 됐습니다. 이 또한 저에게 부여된 운명이지요." 원택 스님은 자신보다 더 똑똑한 상좌가 있었으면 스승을 더 빛나게 했을 텐데 하는 아쉬움이 남는다고 말했습니다.

백두산이 안고 있는 눈물샘

원택 스님은 2021년 한국 불교계의 최고 어른인 대종사 품계를 받았습니다. 1971년 성철 스님께 출가를 권유받은 지 50년 만입니다. 스승 살아생전에는 괴팍하기로 유명한 스승을 거역하지 않고 정성을 다해 시봉했고, 돌아가시자 흠모하는 스승을 널리 알린 업적의 '인과응보'인지도 모릅니다.

'곰 새끼'라고 소리치던 스승은 임종을 앞두고 스님을 불러 "참선 잘하그래이" 하는 말을 남겼습니다. 그는 스승의 법문과 행적을 전하는 데 전력을 다했습니다. 평생 부처님을 시봉하며 부처의 설법을 가장 많이 들은 제자 아난다가 스승의 열반 후 경전을 통해 부처의 말과 행동을 세상에 널리 알리고 후대에 전한 것처럼 말입니다. 성철 스님이 백두산이라면, 그는 백두산이 안고 있는 눈물샘

'천지'인 셈입니다.

원택 스님에게 가난과 질병, 전쟁으로 고통받는 중생을 위해 불교가 나아갈 바를 물었습니다. 한참 묵상을 하더니 "이제 인공지능을 통해 어려움을 해결하는 시대가 됐습니다. 인간 스스로 서로를 존중하는 가치관을 정립하지 않는다면 세상은 점점 어려워질 것입니다. 불교가 앞장서 생명 존중의 사상을 높여야 합니다" 하고 대답했습니다.

만날 때마다 장애어린이에 대해 애틋함을 표현하는 원택 스님이 푸르메재단과 인연을 맺은 지도 20년이 넘었습니다. 재단이 세워질 때 도움을 청하자 당신의 여비를 절약해 매달 적지 않은 후원을 보내주시고, 이사직도 흔쾌히 맡아주셨습니다. 어린이재활병원과 여주농장 건립 같은 큰 행사 때면 거금을 쾌척해주곤 합니다. 늘 도움을 주면서도 이사회 자리나 행사장에 오셔서 "기독교처럼 불교가 앞장서 사회문제 해결을 위해 발벗고 나서고 공헌활동을 활발하게 벌이지 못해서 미안합니다" 하며 얼굴을 붉힙니다. 그런 원택 스님에게서 저는 가끔 부처의 모습을 발견하곤 합니다.

20

웅혼한 자연을 그려낸
산의 화가

민정기 화백

“나이가 들수록 봄이
얼마나 좋은지 모르겠어요”

진경산수의 현대적 해석

푸르메재단 회의실 정면에는 그림이 한 점 걸려 있습니다. 수십 개의 푸른색 연봉蓮峯이 하늘에서 내린 눈을 머리에 이고 있는 작품입니다. 하늘에 닿을 듯 솟은 봉우리는 아래로 내달아 깊은 골짜기를 이루고, 가장 깊은 곳에서 다시 솟아올라 장대한 봉우리를 이루는, 웅장하고 아름다운 그림입니다. 연봉이 살아 있는 용처럼 얽히고설켜 서로 등을 맞대고 꿈틀대는 것 같습니다.

이 그림은 민정기 화백의 작품 〈오대산 비로봉〉입니다. '푸르메'가 우리말로 '푸른 산'을 뜻한다는 말씀을 들으시고, 푸르메재단을 가장 잘 형상화한 작품이라며 선물로 주셨지요.

2024년 양평군립미술관에서는 민정기 아카이브전 '놓치지 못하는 풍경'이 열렸습니다. 양평군이 40여 년 전 이곳에 터전을 잡은 원로작가 민정기 화백을 예우하기 위해 마련한 기획전이었습니다. 산업화 과정에서 소외되었던 민중의 삶을 고발했던 〈포옹〉 등 1980년대 초기 사실주의 작품부터 양수리에 정착하면서 그린 자연에 대한 작품들이 전시되었습니다.

혹독한 자연의 변화를 묵묵히 견뎌온 산과 강, 그리고 거대한 소나무를 그린 시기, 자연이 비록 훼손되긴 했지만 역사성을 지닌 채 인간과 공존하던 시기, 변한 것과 변하지 않은 것이라는 주제로 사라진 도시 품격과 잊히지 않는 장소에 대한 향수를 담은 작품까지 다채로웠습니다. 〈유 몽유도원도〉와 〈인왕산〉 등 연작뿐 아니라 그의 화가 60년을 결산하는 큰 행사였습니다.

필생의 대표작 〈북한산〉 앞에 섰습니다. 2018년 남북정상회담 당시, 문재인 대통령과 김정은 북한 국무위원장이 그 앞에서 악수하면서 남북화해를 상징하게 된 작품입니다. 판문점 남측 지역에 자리한 자유의 집에 〈북한산〉을 설치한 것은, 사상 처음으로 남쪽 땅을 밟는 북측 지도자를 서울의 명산 북한산으로 초대한다는 의미였다고 합니다. 당시 사람들에게 정상회담만큼이나 배경이 된 이 그림도 깊은 인상을 남겼습니다.

민 선생님은 그림 구상을 위해 골골이 북한산을 답사한 뒤 수많은 영봉靈峯 사이에 삼천사 다층석탑과 마애불, 사모바위를 새겨놓았습니다. 저는 한동안 넋을 잃고 작품을 바라봤습니다. 초록색과

파란색 빛을 발하는 능선이 살아 움직이는 것 같았습니다. 이 그림은 서양화지만 화단에서는 겸재 정선의 진경산수의 전통을 이은 대표적인 작품이라고 평가하고 있다고 합니다.

그에게 남북정상회담이 성사됐을 때의 감동을 물었습니다. "회담의 배경으로 제 작품이 선정됐다는 것을 듣고 너무 영광스러웠습니다. 화가로서 정말 보람을 느꼈지만 이후 남북 관계가 꽁꽁 얼어붙어 너무 아쉽습니다. 기회가 된다면 통일의 기록물로서 백두산으로 달려가 웅장한 모습을 화폭에 담고 싶습니다." 민 화백은 최근에는 경남 통영을 오가며 이순신 장군이 활약했던 쑥섬과 당포항을 중심으로, 통영 앞바다의 풍광을 담는 데 열정을 쏟고 있다고 합니다.

백지숙 전 서울시립미술관장은 민정기 화백의 작품에 대해 이렇게 평가합니다. "눈으로 본 것만이 아니라 그는 보고 걷고 느끼는 모든 것을 그림 속에 표현하려고 합니다. 이런 노력 때문에 1980년대와 2020년대라는 40년을 뛰어넘는 풍경이 나란히 한 그림 속에 나타나고 있습니다. 민 화백은 그림을 통해 자신이 본 것이 우리가 걸어온 시간의 경로라는 것을 일깨워주고 있습니다."

가을과 겨울이 가고 봄이 남녘에 도착했다는 소식이 전해지자 화가의 일손이 바빠졌습니다. 봄은 가지 끝에 매달린 꽃망울뿐 아니라 캔버스를 수놓는 화가의 손끝에서 시작되기 때문입니다.

쉬지 않고 답사를 다니는 이유

오랜만에 민정기 화백을 찾아뵈었습니다. 머물러 있는 청춘인 줄 알았는데 작업실 입구까지 마중나온 선생님의 머리에도, 제 머리에도 어느덧 하얀 서리가 내려앉았습니다.

"볕이 너무 좋지요. 나이가 들수록 봄이 얼마나 좋은지 모르겠어요. 처음엔 설레다가 마지막엔 아프기도 합니다. 계엄과 산불 등 가슴 아픈 일도 많았지만 새봄의 자태를 어떻게 잘 담을지 걱정입니다." 노화가는 누구보다 숨죽여 봄을 기다려왔나봅니다. 차를 내어주는 선생님의 얼굴이 진달래처럼 붉었습니다.

2017년 선생님은 양수리 두물머리의 안자락인 부용리에 새 작업실을 마련했습니다. 남쪽으로 난 큰 창문을 통해 봄 햇살이 쏟아져들어왔습니다. 새소리가 반가웠습니다. 1987년 양수리의 산속 빈농가에 작업실을 꾸린 선생님은 2000년대 중반 경기도 장흥과 고양으로 작업실을 옮겼습니다. 그곳에서 한동안 작품활동을 하다 다시 양수리로 돌아온 것이지요.

"전문적인 작업실은 여러 가지로 편리했습니다. 냉난방에 신경 쓸 것도 없고, 주위 환경이 좋아서 산책하거나 생활하기 좋았어요. 무엇보다 창작에 집중할 수 있었습니다. 하지만 그런 환경에 익숙해지니 창작 의욕이 떨어져서 서둘러 양수리에 새 화실을 마련해야 했습니다."

문인들이 작품 구상을 위해 주기적으로 여행을 하고 다른 환경을 찾아 집필을 하듯, 화가에게도 늘 새로운 자극과 환경이 필요합니다. 아마 민정기 선생님이 쉬지 않고 답사를 다니고 작업실을 옮기는 것도 그래서가 아닐까요.

양수리 작업실 한쪽에는 봄빛 가득한 캔버스가 벽면을 채우고 있었습니다. "예전에는 주로 자연에 초점을 맞춰 그렸는데, 요즘에는 자연과 인간이 공존해 살아가는 모습에 집중하고 있습니다."

말씀을 듣고 보니 30년 전 처음 뵈었을 때 선생님의 작품은 신록이 눈부신 아름다운 산과 그 아래를 유유히 흐르는 강, 휘어진 소나무와 활짝 핀 진달래가 주요 소재였습니다. 그런데 어느 순간 자연을 경계로 살아가는 사람들의 삶, 그리고 사람들이 만들어놓은 콘크리트 건축물들이 빼곡히 캔버스를 채우고 있습니다.

화가의 길을 걷게 된 사연

민 선생님에게 화가의 길을 걷게 된 이유를 물었습니다. "저는 서울 한복판인 연희동에서 태어나 자랐습니다. 전태일 열사가 졸업한 시청 앞 남대문초등학교를 다녔지요. 2학년 때 남산에서 열린 미술대회에 나갔던 기억이 있습니다. 4학년 여름방학 때 초등학교의 빈 운동장을 찾아가 홀로 서 있는 느티나무를 그렸습니다. 그때 저의 미술적 재능을 알아본 어머니가, 중학교에 입학하자 미술반에 들어갈 것을 권유하셨습니다. 제가 다녔던 서울중학교는 고등학교와 미술반이 통합되어 있어서 자연스럽게 선후배들과 한데 어울리면서 미술가의 꿈을 키우게 된 것이지요."

대학을 졸업한 뒤 숙명여고와 선화예고 미술교사로 평범하게 살아가던 선생님에게 큰 변화가 찾아왔습니다. 당시 미술계는 정치적 탄압과 경제발전이라는 이데올로기에 갇혀 있어서 아름답고 서정적인 그림이 많았습니다. 그러다가 1970년대 후반부터 '민중미술'의 움직임이 꿈틀댄 것입니다. 손장섭, 오윤, 임옥상, 민정기, 강요배, 안규철 등 신진 작가들과 젊은 미술평론가들로 구성된 동인그룹 '현실과 발언'이 결성됐습니다. 특히 선화예고 동료 교사 오윤 씨와의 만남은 그에게 적지 않은 영향을 미쳤습니다.

이들은 박정희 독재정권의 폭압에 맞서 민중의 삶과 고통을 사실적으로 표현한 작품들, 동네 이발소나 구멍가게에 걸릴 듯한 투박하고 통속적인 민중화를 그리기 시작했습니다. 민정기 선생님의 〈포옹〉〈세수〉〈과일장사〉 등이 그때의 대표작입니다.

민 선생님은 1984년 제5회 '현실과 발언 6·25 테마전'에 황석영의 소설 『한씨연대기』에 나오는 에칭 연작 13점을 출품했습니다. 그림일기의 형태로 제작된 이 작품은 분단이 몰고 온 정치적 억압과 그 속에서 살아가야 하는 사람들의 고단한 삶을 고발한 내용이었습니다. 이 작품은 미술계에 신선한 충격을 던졌습니다. 하지만 민 선생님은 1987년 갑자기 서울을 등지고 양수리의 외진 농가에 터를 잡았습니다. 오롯이 자연을 그리는 화가로 변신한 것입니다.

'빛, 공간, 길'이라는 작품세계

1970년 돌아가신 어머니를 양평에 모셨던 그는 성묘 때문에 이곳을 오가면서 깊은 산과 뛰어난 풍광에 빠져들었습니다. 주말이면 카메라와 이젤을 들고 양수리 주변의 고동산, 통방산, 팔봉산, 매화산 등을 답사하며 웅장한 자연의 모습을 캔버스에 담아냈습니다. 이때부터 그는 '산의 작가'로 불리게 됐습니다.

민 선생님에게 초기 양평의 모습을 물었습니다. "1980년대 후반 양평은 외진 곳이었지요. 정류장에 앉아 하루 두세 번 들어오는 버스를 기다리다보면, 자연을 관찰할 수 있는 독특한 공간과 시간이 생겼습니다. 그때 자연을 처음에는 판화로, 그리고 유화로 담아보자는 욕심이 생겼습니다. 이런 과정을 거쳐 제 작품이 탄생하게 된 것이지요."

2000년 초반 그의 그림에 새로운 변화가 생겼습니다. 형제처럼 가까이 지낸 최종현 한양대 도시공학과 교수와 전국을 답사하면서 풍수지리, 즉 자연의 지형과 건축의 어우러짐에 눈을 뜨게 된 것입니다. 그전에는 자연을 단순하게만 느꼈다면 전통적으로 자연을 어떻게 보아왔는지 깨닫게 됐고, 이를 그림에 적용하는 방법을 터득하게 되었습니다. 미술평론가 최민 전 한예종 교수는 일찍이 민정기 선생님의 작품세계를 '빛, 공간, 길'이라고 요약하면서 '일반적인 풍경화라는 형식적 틀에 담을 수 없는 것들을 담고자 시도하는 작가'라고 그를 평가했습니다.

14세기 르네상스 미술을 이끈 천재 화가 조토 디 본도네에 대해 미술사가들이 '미술의 혀를 풀어주었다'라고 평가하듯 선생님의 화풍도 평면적인 그림에서 벗어나 있습니다. 마치 시인이 시를 낭송하여 감상하는 사람의 귀를 통해서 메시지를 전하듯, 입체적인 전달 단계에 올라선 것 같았습니다. 이러한 연륜과 안목이 쌓여 그는 2006년 한국 화가에게 주는 최고의 영예인 이중섭미술상을 수상했습니다. 이때부터 민정기 선생님은 한국을 대표하는 서양화가로 평가받게 됐습니다.

푸르메의 힘이 되어준 그림

민정기 선생님은 말씀도 조근조근하고, 말없이 슬며시 웃을 때가 많습니다. 평소 조용한 성품이지만 술잔이 서너 배 돌고, 취기가 오르면 어디서 그런 흥이 나오는지 술상 위에 올라가 덩실덩실 춤을 추실 때도 있습니다.

2006년에는 뜻밖에도 영화 〈비단구두〉의 주인공으로 출연했는데, 사연은 이랬습니다. "우연히 인사동에서 여균동 감독을 만났습니다. 새 영화를 준비하고 있다며 불쑥 출연해달라고 하더군요. 대학 시절 연극반원으로 활동했던 기억이 떠올라 덥석 승낙한 것이 화근이었습니다. 영화 내용은 치매 노인이 고향인 가짜 개마고원을 방문하면서 벌어지는 이야기입니다."

그러고 보니 오래전 김정헌 전 한국문화예술위원장에게 "민 화백이 대학 시절 연극배우로 활동하며 큰 인기를 얻었다"는 이야기를 들은 기억이 났습니다. 그런 이유 때문일까요. 아들 성욱 씨가 아버지의 재능을 물려받아 연극배우로 활약하고 있습니다. 평소 낯가림이 심하고 겸손한 민 선생님에게는 연극 무대가 또하나의 캔버스가 아니었을까 짐작합니다.

작업실 한복판에 놓인 테이블 위에는 선생님이 사용하는 붓이 가지런히 놓여 있습니다. 선생님에게 앞으로의 계획을 물었습니다. "하루하루 열심히 생각하고 붓질하며 구상했던 그림을 조금씩 완성해나가는 것이 저의 행복입니다. 양평만 해도 답사 다닌 곳도 많고 사진과 관련 책자, 고지도 등 여러 자료와 정보를 갖고 있습니다. 30년 동안 많이 변한 것도 있지만 아직 변하지 않고 간직하고 있는 옛 모습도 있어 이를 좀더 유기적으로 표현할 방법을 찾고 있습니다."

색의 연금술사인 선생님의 손길을 거쳐 붓과 물감은 또다른 마술을 부릴 것입니다. 어떤 새로운 작품이 탄생할지 기대하면서, 선생님과 푸르메재단의 인연을 되새겨보았습니다.

민정기 선생님은 푸르메재단이 세워지고 막 첫걸음을 뗄 무렵 〈채송화〉와 〈연못〉 등 당신의 판화 40점을 어린이재활병원 건립비에 보태라고 기증해주었습니다. 인사동에 있는 공방 '못과 망치'에서는 기꺼이 액자를 만들어주었고 작품들은 절찬리에 판매됐습니다.

푸르메재단의 첫 사업인 푸르메센터를 세울 때에는 가평군 설악면의 풍경을 담은 〈묵안리의 봄〉을 그려주었습니다. 푸르메재단과 종로장애인복지관에 방문하면 맨 먼저 1층 로비에 전시된 〈묵안리의 봄〉을 마주치게 됩니다. 그림을 아는 분들은 민정기 선생님의 대작이 푸르메센터에 걸려 있다는 사실에 깜짝 놀랍니다. 이 작품은 2022년 여주 푸르메소셜팜 안에 자리한 카페 '무이숲'으로 옮겨가 방문객들의 사랑을 받고 있습니다.

2016년 마포 상암동에 넥슨어린이재활병원이 건립될 때는 대작 〈양평의 여름〉을 기증해주었습니다. 양평의 여름 밤하늘을 수놓은 별자리가 산봉우리와 그 곁을 지나 유유히 흐르는 강을 위로 펼쳐진 작품입니다. 앞서 말씀드린 대로 푸르메재단 대회의실에는 민정기 선생님이 선물해준 〈오대산 비로봉〉이 재단의 얼굴처럼 자리하고 있습니다.

아들 성욱 씨도 쉽지 않은 결정이었을 텐데 2019년 자신이 연출한 연극 〈올모스트 메인〉의 수익금 전액을 푸르메재단에 기부해

줬습니다. 민정기 화백 부자의 아름다운 인연이 앞으로도 계속되

길 기대합니다.

세상을 바꾸는 힘

희망을 심은 20인

초판 인쇄 2025년 10월 10일
초판 발행 2025년 10월 29일

지은이 백경학
책임편집 임혜지 | 편집 고아라 이희연
디자인 김현아 | 저작권 박지영 형소진 주은수 오서영 조경은
마케팅 정민호 서지화 한민아 이민경 왕지경 정유진 정경주 김혜원 김예진 이서진
브랜딩 함유지 박민재 이송이 박다솔 조다현 김하연 이준희
제작 강신은 김동욱 이순호 | 인쇄 천광인쇄사

펴낸곳 (주)문학동네 | 펴낸이 김소영
출판등록 1993년 10월 22일 제2003-000045호
주소 10881 경기도 파주시 회동길 210
전자우편 editor@munhak.com | 대표전화 031) 955-8888 | 팩스 031) 955-8855
문학동네카페 http://cafe.naver.com/mhdn
트위터 @munhakdongne | 인스타그램 @munhakdongne
북클럽문학동네 http://bookclubmunhak.com

ISBN 979-11-416-1389-1 03810

www.munhak.com